サヨンの鐘

包場看電影

李潼／文　何雲姿／圖

推薦序◎桂文亞

至尊不滅的文學靈魂——懷念李潼

多年來，關於李潼的作品，引薦評論不可勝數，關於李潼的人文逸事，得老中青三代文友傳述，笑淚相融，綿延不絕。他生前享有盛名，有「臺灣少年小說第一人」之譽，並有美稱「兩岸少年小說四大天王」（另三位是曹文軒、沈石溪、張之路）。從八〇年代筆耕啟始，如大鵬展翅，一路上青雲，至二〇〇四年因病去逝，如巨岩崩裂，石破天驚，為臺灣兒童文學長遠發展留下無法彌補的遺憾。

一九八七年始，我與李潼有了志業上的合作，他不但是民生報兒童報紙版面的常客、童書出版社的常銷作家，也是各種評獎邀約的人氣評審及各種活動必邀的貴賓，總而言之，李潼就像明星般的被文友寵愛著。他積極熱情，文采出眾，加以相貌英挺，兼俱音樂天賦，走到那兒，亮到那兒，高歌一曲總贏得滿堂采！

這樣輝煌亮麗，正值黃金年華的一個人，怎麼說走就走了呢？

李潼癌末期間，出版部同仁正在為他盡最後一點心意：重版散文《天天爆米香》、短篇小說《恐龍星座》及長篇小說《望天丘》。在不算短的十七年合作期間，我們先後為李潼出版過十五本作品，這占他全部作品總量比例不算多，但在只出版原創作品的民生報來說，已是備受重視的作家。李潼是臺灣兒童文學界之寶，過世消息傳來那天，在編務會議上通告同事，忍不住哽咽難言。我為李潼流下痛惜的眼淚。

不可否認，李潼是優秀的作家，但是自我意識很強，曾經，為了校稿中不同的意見，他責備編輯，讓她感到委屈，繼有放棄之意；為了不中斷作業，我好言相勸，請李潼寫封回信，「挽救」編輯進度，沒想到，他寄來一張明信片，卻繼續「曉以大義」，讓人一時哭笑不得。

李潼就是這樣的個性，黑白分明，堅持自己的定見。但我很感謝他曾經拔刀相助仗義執言，約是九〇年代初，報社一度改版，欲將兒童版天天見報的全版彩色停刊，李潼得知訊息，立即親筆來信給發行人王效蘭女士，力陳兒童文學媒體版面的重要性；這封信後來送到兒童組，發行人囑我親自回信致意，我即電告李潼，他當下表明：「不必了！」

當大多數人為公眾事務保持緘默或冷漠的時候，我看到李潼當仁不讓的真性情。雖然難免有時也「嫌」他這個人挺固執，流露出來的自信有點兒讓人受不了，但當正事發生在節骨眼上，自有格局和洞見的膽識，總讓人讚佩。

《包場看電影》這本散文作品，是李潼各類名篇的結集。朋友往往在走得近的時候，容易失焦與輕忽，李潼離世整十一年了，一些成見與好惡亦早已經過沉澱，一篇篇讀下來，就這四個字：「真李潼也！」

李潼愛鄉惜物念舊情，作品總讓人讀得莞爾，甚至噴洒笑淚！「年少短片」在地小人物的性情呼之欲出，一種調皮的文字氣質，生動到不行哪！「路上的故事」，寫小站長的一絲不苟；寫風島賣貝殼項鍊老婦的質樸；魯凱族老婦手編織物的自在；小鎮吃攤或簇簇火樹銀花的天空，讀之有味也饒有深意；「謝平安」與「生活與夢」二單元，〈信阿嬤的人有福了〉別有懷舊情趣，彷彿昨日就在眼前，地道的鄉情，充沛濃郁的生活氣息。最感親切的自然是〈談心時間〉這篇，父子情深，以誠必記憶猶新吧？這一輩子的惦念，也是建太多年來為李潼整理出版舊作最酸甜的「談心時間」吧？「感恩心情」是李潼病中歲月的心情筆記，最是動人！「有勁和爭取」正是李潼認可的一種生命正能量。「把握與不把握，滿分和零分」，可是李潼對生命的體悟？感動於與生俱來的強韌，感佩作家在人生原本幾近滿分的曲線逐漸下滑的途中，仍然堅持燃亮生命的餘光！

這可貴的一生是有價值的，當李潼說：「愉悅奔走就是一款動人幸福」，「我如一隻薄翼蝴蝶，飛舞在湧浪眩目的海洋」，我們相信，此刻的李潼，雖已飛離俗世四千多個日子，可還是時刻有人惦念著他的文字他這個人。

說李潼是文友心目中永遠的「天之驕子」並不為過。

推薦序◎曉風

一封一時不知向何處投遞的信

李潼：

你好嗎？好久不見了。

最近你的散文集《黑潮蝴蝶》要出新版呢，你知道嗎？書名叫《包場看電影》！

在那邊，就是你搬家過去的地方，你們在乎這件小小的事嗎？還是一切往事都霧鎖雲埋，拋擲忘鄉？啊！我寧可以為你們仍有眷戀，對人世，對地球，對地球上小小的臺灣。

二〇〇五年十一月，我也和你一樣成為「罹癌族」，和你一樣跑醫院，和你一樣蹭著蹭著偶然寫它幾個字。所以，當出版社交來你的稿件，我不禁眼溼，彷彿又看到你，看到自己，看到一個寫作者顛簸卻無悔的路。

曾有一個冬日清晨，秀芷邀作家赴金門賞鳥，到了松山機場，我乖乖走到航空公司的櫃檯前坐著。和我一起等待的還有劉靜娟，我們是三十年前一起在文星出書的老朋友。

忽然，你跑過來，興奮大叫：

「喂！喂！原來你們在這裡，朋友們都來了，都在門口，你們快過來！」

你一面說一面就熱心的動手幫我們拖行李。

「快走，快走，朋友都在那邊！」

時間還早，並不太急，但我看你一副熱心腸，忍不住想打趣你一下：

「喲！朋友都在那邊，那邊都是朋友——就沒敵人嗎？」

你被我的言語激了一下，停下來，想了兩秒鐘，大笑起來，說：

「也許有敵人，哈哈！但現在都是朋友了，都是朋友！」

我也笑了，臺灣小小，事卻多，一個文壇，也不是沒有紛爭。但其實，此刻我們只是去看鳥，那有什麼恩讎？天冷了，候鳥過境，我們是遠遠的望著羽翼掠空的無羽族，哪有什麼風雨和晴靄？我們只是比候鳥更候鳥的生物罷了。

鳥不多，鳥哪裡知道牠們該為我們上演「候鳥過境記」，牠們並不配合我們。但鳥不多海水卻多，水草也夠豐美。此外，雲在，風在，冷在，陽光在，野地在，市場中的鼎沸仍在，而對岸，對岸峙立如幻的城市亦在。

其實，那時候，想來你已病了，我們不知道；你也不知道。

金門是個素樸的地方，連陽光也是簡單明瞭的，而簡明中卻自有一份大器。（不瞞你說，在臺北，我覺得陽光像豆腐，是一小塊一小塊分割出售的。）

鳥仍然不多，我們便在陽光中散步聊天。當然，我首先謝你，因為你答應我，讓我把你的小說〈相思月娘〉放入我編選的小說選《小說教室》裡。故事中的母親顯然是民國二十年前後出生的，受日本教育長大，歷經貧窮、富裕的變遷，卻仍在乎愛情這座祭壇的信徒。雖然，她最後的選擇是女性自我的尊嚴。

「有人被雷打到，那種感覺，就是我讀這篇小說的感覺！」

你說，這是一位頗有年紀的女性讀者跟你說的讀後感。

對，所有的好小說不都是這樣的嗎？

有人大叫：「有鳥」，我們的聊天就結束了，我很感謝那天淡淡的聊天。那番話，讓我直窺了一個創作者內心最自豪的角落，間接的，或許那也成為我對自己的期許。對，要寫，就該讓讀者如遭天雷一轟。

那以後，電話雖通過，我卻沒有再見到你一面。你走了，想你的時候，一併想起的總是金門冬日淡淡的陽光，攙合了海味的淡陽，若有似無，卻又著人如魔似幻。

書就要出了，作家，或者也如你文章中的黑潮蝴蝶，人世險巇，如海洋，偏有不知死活的蝴蝶敢於去探首，去領略。這蝴蝶，不是作家是什麼？

故事裡說到的蝴蝶都是「化蝶而去」的燦美華翼，但，李潼，你卻曾是「化蝶而來」的殷殷羽族。

親愛的朋友啊，此刻你安好嗎？我向你和你的新書致意。

曉風

目錄

路上的故事

謝平安

生活與夢

感恩心情

年少短片

湧泉水池・腳踏車

「五好」的阿不拉

阿不拉姓游，他家在菜市場附近炸天婦羅，名氣挺響，招牌是「天婦羅大王」。他的母親雅號「天婦羅西施」，據我父親和他一幫友人指稱，這西施和市場口的「烤鴨賽金花」，雖然年齡有別，但儀態和容貌很有拚的。

「天婦羅大王」和西施，怎會養出這種「小王」？我那個阿不拉同學，要是和圓滾的或胖長的天婦羅一樣體型，倒也形象統一，他偏不是，長得像一隻竹籤，插天婦羅的竹籤，而且還是小號的。

阿不拉體型瘦小，卻精神飽滿，能說會唱；能寫會畫，屬於德、智、體、羣、美兼優的「五好學生」，就像他家炸的天婦羅，好吃是好吃，但聲名外揚，靠的還是食客的口碑，若是自己「膨風」，難免要讓人七折八扣，損了令名。這個「五好」的阿不拉，不懂謙虛之道，聰明外露，雖然言語和實力相當，卻也教人很不是滋味。

有一天，我的一群朋友（洛卡黨，全是長手長腳的，德、智、體、群、美乙上和乙下之間徘徊的傢伙）打聽到一個可靠的消息，說阿不拉「很怕水」，屬於「陸上一條龍，水裡一條蟲」的二流腳色。於是，朋友們密切協商，決定熱情邀約阿不拉，到明廉國小的湧泉水池，以下水典禮慶祝暑假的開始，主秀是看他出糗。

「花無百日紅，人無千日好」，「五好」學生也可能是一隻怕水的旱鴨子，對不對？阿不拉下水的糗樣子，讓我的朋友想像起來不禁要喊爽！

這次的下水典禮，的確經過詳細規劃的，我們不選海邊，因為「水太多」，有水母，還有螃蟹，尤其是水母螫人和螃蟹鉗人，向來不太選擇對象，要是瘦巴巴的阿不拉全身而退，而我們任何一個朋友遭殃，那都是很糗的。要是到門票附帶救生員的「正經游泳池」，那位高坐救生臺的人，有職責在身，必然不會讓阿不拉的糗樣子「表演」太久。到吉安的圳溝下水，水流太急，不談危險，至少我們的朋友很難「集中」；一群人像田螺，從圳溝頭趴到圳溝尾，大家在必要時候，想叫喊談笑，氣氛做不起來啦。

只有這一座躲避球場大的湧泉水池，最適合。更重要的原因是，我們雖然「不怕水」，但只有半數精通一種狗爬式，另外四分之一擅長涉水，其餘的只會潑水。這座深不過腰的湧泉水池，足可讓「很怕水」的阿不拉，變得謙虛一點，讓他知道「天外有天，地下有水」，我們這些「洛卡」（長腿），各有所長，除了老是被指派去擦黑板，在水裡還是很有用的。至於在下我，仗著個頭高，其實還是一隻正牌的旱鴨子，全身浸水的紀錄，都在家裡的木製大澡桶裡創下；而且還是溫水。這湧泉水池，雖不滿意，但料想可以勉強適應。

小竹籤的阿不拉，的確是個硬漢，當他聽到我們熱情的邀約，問清楚時間、地點，居然眉頭只皺一下，便爽快的答應了。這教我們覺得「很沒意思」，跟想像的落差太大，大家全愣住。

當日下午，一批冒牌泳將「挾持」了「五好」阿不拉，到達有好戲可看的湧泉水池。初抵池畔，又是一驚。

阿不拉巡視水池一圈，裝得很勇的說：「這樣的水，我有點不喜歡！」不喜歡？措辭這麼好！應該是「這樣的水，我實在不該來」。阿不拉喃喃有詞，卻和我們同步寬衣解帶，我們脫得只剩一條寬鬆的四角內褲，而阿不拉竟是穿了正牌的尼龍游泳褲。

我們這一群「洛卡」，在服裝形象上，乍然又給比下一截，但並不氣餒。來水池「洗身軀」，比的是泳技和對水性的了解，尼龍泳褲算什麼？為了藏拙，也為了招引阿不拉下水或露出我們期待的糗樣，一群朋友，除了在下我，紛紛攀住池沿下水，站在深不過腰的水池裡，親切招呼：「來啦，很涼快，不要害怕。」

我看著青凜凜的池水，以及愈看愈寬闊的池子，心涼了不只半截，我可以確定，朋友們那種裝出來的親切招呼，根本就是無底陷阱的迴音。這時，「五好」的阿不拉，擺出游泳選手那種嚇人的標準跳水姿態，一彎腰，跳進水池。

我那群泡在水裡的朋友，因為角度關係，也許不是看得很清楚。阿不拉游自由式的泳姿，我居高臨下欣賞，他簡直變成一條瘦長的金梭魚，一夥人還沒回神，他已經抵達對岸

我受此刺激忽然信心大增。

我想：游泳原來是這麼簡單一回事，彎腰、跳水、划水，然後安全抵達對岸；憑我長手長腳，「阿不拉能，我當然也能」。趁大家驚訝張望之際，初顯身手的在下我，甩手踢腿，呀一聲，現學現賣，在阿不拉的影像尚清晰的當頭，猛然一跳，奮身下水。

我確定看到了池底的青苔、一尾鯽魚，還有我嘴裡吐出的氣泡，還有蝦兵、蟹將以及閻羅王化裝的海龍王什麼的，想到「青青校樹，萋萋庭草」那首歌；想到道士來念經，我將沉冤池底，直到做頭七才浮上來。

真實的情況是，我在七秒鐘後掙扎出水面，「一直喘氣，好像從多遠的地方跑回來，也沒怎麼樣，還一直打嗝。」

我的「洛卡」朋友，在事後描述說：「我們用力把你推到水池旁邊，推了多久你知道嗎？你怎麼會那麼重？上岸後，你好像喝了一瓶米酒，走得歪歪扭扭，差一點又摔進水池。」

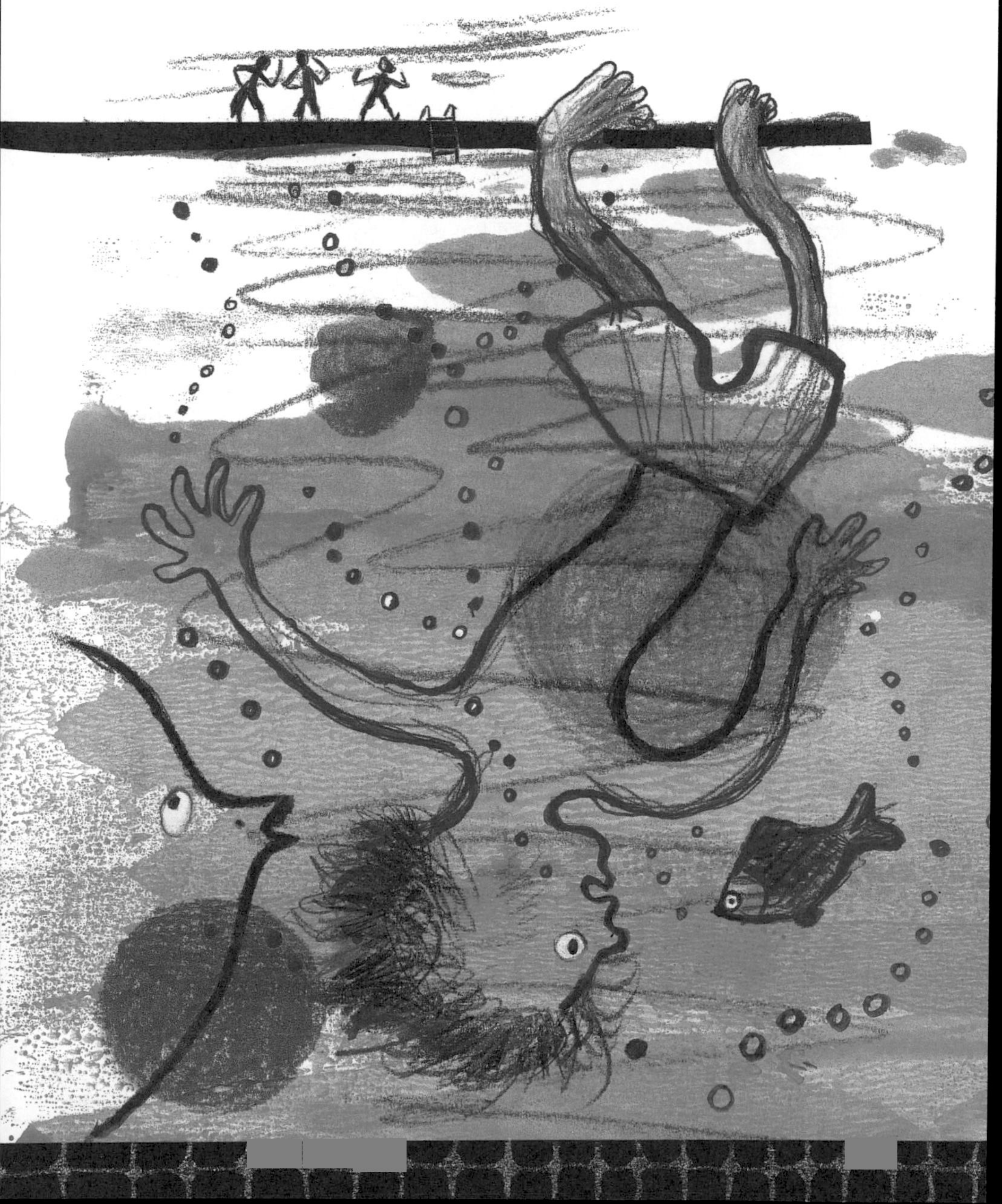

應該是在游泳池出糗的男主角阿不拉，據說也發表了感想。但「五好學生」終究品學兼優，為人厚道，他沒有對我提出檢討。

在我的「洛卡」朋友向他求證「你不是很怕水嗎？」的馬路消息時，阿不拉透漏了最正確的消息：他說他很怕水淺，淺水不適合跳水，手腳施展不開來。他是看在同學份上，大家這麼熱情的邀請，他不想掃大家的興，才勉強參加這慶祝暑假開始的下水典禮。他這樣的說詞，究竟是自大還是謙虛？我已經不太關心，只希望他的記性，別再像以往那麼好，能在最短的時間內，忘掉我的糗樣。

阿美姊學騎腳踏車

據說，會騎腳踏車的人有逐年遞減的趨勢，原因是汽、機車猛量增加，而臺灣的道路設計，從來不體貼行人和慢速的腳踏車。「交通便捷」以後，馬路變成虎口，汽車駕駛人以車型大小論威武，不把行人當人看，行人穿越馬路，如同過生死關；而惹車討厭的腳踏車，膽敢上路，簡直自己闖進虎羣，不想活了。

早些年，在馬路還給人走的時候（現在黑漆漆車內，誰敢說開車的不是機器人），腳踏車是便捷的、有益身心健康而且殺傷力極低的交通工具，不會騎腳踏車，難免給人懷疑有什麼問題。

我到十歲才正式學騎腳踏車，但人高腿長，一上車便是標準式的，不像其他友伴，半身鑽在橫桿下，歪歪斜斜的「三腳騎」。這還不說，我馬上又學會剎車、單手騎車、一手提東西和載運勇敢的小弟上街兜風，神乎其技，轟動小巷鄰里。

鄰居的阿美姊，長我三、四歲，學了三年四個月的裁縫，載譽返家，掛了「家庭縫紉」的店招，在家開業。阿美姊性情溫順，手藝精巧，開張不久便生意興隆，顧客熱情賞光；但阿美姊也有煩惱，通宵趕製新衣的疲累不說，阿美姊不時還得到「鐵路腳」車布邊、配鈕扣。小鎮不大，但是人在緊急時，總覺得路是愈走愈遠；何況大熱天，海濱的豔陽格外熾烈，阿美姊打著花陽傘，一趟來回，常是汗水淋漓，花容失色。

阿美姊看我火速學成腳踏車騎技，並且後來居上，在大街小巷，一陣風來，一陣風去，這給了她再度拜師學藝的決心與勇氣，「你能夠學得這麼好、這麼快，一定很有天分，一定知道很多訣竅。」

阿美姊尊師重道，態度十分懇切。她在學裁縫之前，曾在戲院當了三個月的收票員，曾經「代替戲院老闆招待我」，看了有生以來最密集的電影欣賞會，我感恩圖報已久，此時正是報恩良機，萬萬不可回絕；而我騎車技術初成，即有人前來拜師，這名聲傳出去，更是千金不換的，我當然答應收徒了。

為她排定的學車時間，在我放學和晚飯之間，地點是巷口木橋外的大馬路。這有別於一般人選在學校操場的練習地點，有雙重意義：阿美姊的客戶若有急件要找她，在這路口可以當場解決；這裡是人車必經之地，觀眾必然不少，初為人師的我，正好昭告周知，提高身價。

阿美姊的裁縫手藝，也許精巧，但是膽識顯然亟待加強。她能駕馭縫紉機，車出令人滿意的衣服，對於能轉能走的腳踏車，卻很沒辦法；但是我真想不通，腳踏車的把手，怎會像生猛的牛角那樣難以控制？阿美姊也是個長腿姊兒，踩不穩，只要「兩腿一伸」，不就著地了嗎？怎麼會連人帶車歪倒下來？

我學騎腳踏車，其實憑的是過人的勇氣，死命抓住把手；死命踩踏板，「就這麼簡單，兩個輪子自動跑，也不會倒下來」，除了勇氣，大概還真有些天分，居然還懂得剎車（事後有人說這是求生本能，但被我一口否定）。

看阿美姊這樣不上路，車子踩兩步，倒退一次；還有一次她兜著路口中心一灘爛泥打轉，那爛泥是被水管滲漏的水浸成的。現場觀眾這麼多，讓為師的我，跟著觀眾驚笑之餘，面子掛不住。

我發狠了，決定傾囊相授，將我那勇氣加天分的騎車一百零一招交給她，「你就用力踩，什麼都不要想，只要看著前面，用力踩！用力踩！就對了。」

阿美姊是個經過嚴格師徒訓練出來的人，師傅之言，不敢忘，她咬緊牙根，跨騎回座。我用力推動車子，她果然用力踩，直線前進。

早應該指示她「用力踩」！阿美姊像個賽車選手，不但沒倒，而且風馳電掣，經過貨運行；通過祖師廟，在人車迴避的情況下，穿過十字路口。她一路大喊大叫，仍然用力踩踏板，直衝進菸酒公賣局後的酒糟堆！

我相信學會剎車不是一種求生本能，而是天分，因為，假若本能，阿美姊應該在酒糟堆前緊急剎車，至少也該緊急跳車。她沒有。她把腳踏車騎進了燙熱的酒糟堆，她的勇氣，嚇壞了所有提桶子買酒糟的養豬戶，和所有追隨前去的觀眾，以及為師的我。

據說，阿美姊這輩子沒再學會騎腳踏車，讓我的師父生涯永留缺憾。她現在仍在老家附近開設「家庭縫紉」，仍然不時要去「鐵路腳」遺跡下的小店，去那兒車布邊、配鈕扣。她不再打花陽傘步行而去，她當兵退伍的兒子開車送她去。據說，她的兒子偶爾會不耐煩嘀咕兩句；據說，阿美姊有時也會怨嘆沒有再接再厲把腳踏車學會。想想，我的缺憾也是她的缺憾，這禍惹得不小。

新年失眠夜

少年時代，遇到幾個重要日子，都要失眠。郊遊前一晚，月亮掛在窗口，擔心著明天會不會下雨；寒暑假返校日前一天，手指寫得變形了，作業還沒趕完。在夢裡被老師打醒過來，再也睡不著，怕進去了又挨打。

只有從除夕夜開始，一連三天的「失眠」，滋味才真甜美。躺在蚊帳裡，還聞到蒸籠裡甜年糕的氣味；不時把藏在枕頭下的壓歲錢拿出來數數，盤算著沖天炮的價錢、玩具機關槍的價錢、「五爪金龍蘋果」的價錢。過不久，鞭炮響了，把新衣全換穿上，又怕挨罵「猴急什麼，天還沒亮呢」！直挺挺躺在床上，怕把新衣弄皺了。

歡喜像個大氣球，繫在身上，浮浮沉沉，一直要到年初三過後，才安穩下來。

記得特別清楚的一次失眠，是剛升上初中一年級的那次新年。那個大年初三，姨媽從吉安鄉下出來，帶著四歲的阿吉來拜年。姨丈早在夏天就到印尼開大卡車運貨，留著姨媽和婆婆住在一起。姨媽個性柔順，受了婆婆冤屈也不抗辯，一副酸楚的樣子，看得母親抱不平。

兩人坐在廚房的矮凳上，姨媽一會兒擔心姨丈花心，找了印尼婆娘「樂不思蜀」；一會兒擔心婆婆說的話是真的，姨丈留下阿吉休了她。一把鼻涕一把淚，一條手帕都弄溼了。

阿吉這小子聰明伶俐，好玩好動。來到家裡也不認生，撕了我寒假作業、么弟的圖畫；夾了爐灶的炭火，險些把柴房燒起來。

姨媽疼他像心頭一塊肉，哄他不聽，打他又捨不得。我和弟弟被他惹得一直想發火，暗裡作勢恐嚇他，這小子便咚咚跑去告狀：「表哥裝鬼，表哥要打人呀！」

母親也煩了，想和姨媽好好談談，一年難得見兩次面，話匣子老是被打斷，索性指派我和弟弟帶他到廟口玩。

這原本是一樁好差事，阿吉不常來鎮上，又碰著新年大街熱鬧，正好出去走走；但不知好動的他還會耍什麼花樣，要不是看在壓歲錢份上，我是沒得商量。

平時不常見好玩、好吃的攤子，過年時全集中到廟口來了。百來個攤子，有賣糖人、糖葫蘆、烤香腸的，有玩套瓷像、撈金魚、打香菸的、賭茶杯的，五花八門，無奇不有。廟口的左右邊有布袋戲和歌仔戲對陣，鑼鼓喧天，把個廣場攪得又鬧又熱。鼻子聞的、耳朵聽的、眼睛看的，忙不過來。

阿吉就像鄉巴佬進城一樣，眼花撩亂，興奮得不得了。他偏又不安分，像頭小蠻牛東闖西撞，本來在廟口原地走，忽然又到處跑，聽見沖天炮響，也要過去看；誰的氣球飛走了，也要跟著嚷叫；把玩具機關槍頂在胸前，見人就射一槍，見到沒反應，便拿槍尖去戳人。

我提著他後頸，弟弟按住他肩頭，押解人犯似的不斷警告他：「不能亂動；不能亂跑」；否則就要像送他到邊疆似的恐嚇他，說：「馬上趕你回吉安！」

在廟口，一不留神被他一個迴身扭轉掙脫了。他個子小，人山裡一擠便不見影子，像官兵捉強盜，我和弟弟氣急敗壞，怕讓他溜了不見，回家不能交代。一聽到玩具機關槍聲，我與弟弟奮勇爭先，齊力去擒拿阿吉；或聽見攤子前有人哇哇叫，便撲過去，以為這小子又打人了！

滿場繞了大半圈，才在棉花糖攤子前找到他。他棉花糖舔了一大口，老闆正逼他拿錢。看到我們一頭汗趕到，阿吉大叫：「表哥！給錢！給錢！」還咯咯笑不停。

拖了這個累贅，遊興大減。我和弟弟一拉一推，趕他上廟階，阿吉還想扭，我順手便拍了他的手臂，阿吉愣了一下，紅眼圈直瞧著，開口罵人：「大壞人，癩蝦蟆！我告訴我媽媽你打人。」

阿吉又扭，我和弟弟合力一抱，把他抱上石獅背，讓他一屁股坐下！

屁股碰著獅背，阿吉哇一聲哭起來。

「癩蝦蟆！癩蝦蟆！」邊哭還邊罵人。我愈想愈氣，廟口全是好玩、好吃的，不能放手去玩。看不到他，先在場子瘋找了一圈，還要在這裡護駕，竟然又敢罵人！

阿吉真放聲大哭，惹得廟階下的人群全盯著我們看。

「不許哭！再哭把你丟到廟口。」阿吉一聽降低了哭聲哽咽著，弟弟也跟著唬他：「賣給唱歌仔戲的，讓你看不到媽媽！」

我心裡害怕，回去讓媽媽知道可慘了。人說過年打人或被打，這一年都不吉利。

阿吉強抑著哭，上身抖著，眼淚、鼻涕在西裝上糊了一灘。膝蓋撞著石獅子肚子，青紫一塊，滲著血水。

我看了好後悔，幫他整理乾淨，告訴他：「好好坐著，不能亂跑，知不知道？」

阿吉乖順點頭，嚅嚅的說：「表哥，我要回家睡覺。」

「不可以！」他鬧夠了就想回去，我可什麼都還沒玩呢！

一個戴鴨舌帽的中年人，從廟階下拿了一支糖葫蘆上來，遞給阿吉，阿吉真懂禮貌，還向他說謝謝。

我放弟弟下去玩，我在廟簷下看賭茶杯的。

十幾個人圍蹲在一塊白布旁邊，一個男人在白布上轉著三只茶杯，押中白球在那只茶杯下的，賠雙倍。我暗地猜中幾回，看到別人手上握一把花花綠綠的鈔票，輸輸贏贏，看得耳根發熱，忘了時間。

忽然想到阿吉，回頭找阿吉。阿吉不見了！

石獅下一雙黑皮鞋，咬剩下半根的糖葫蘆丟在地上。阿吉溜了。

「阿吉！阿吉！」在獅座旁拉長脖子叫了幾聲。廟口上萬頭攢動，人聲吵雜。找到弟弟，他說也沒看到，這時胸中一把火燒起來，告訴阿吉不能亂跑，又不聽話了！

弟弟在廟門的門檻邊撿到阿吉的機關槍，門檻上有糖葫蘆紅渣的指印，黏黏的還沒乾。

廟裡飄漫著檀香，燈光昏暗。千里眼、順風耳、十八羅漢，面目猙獰。我們叫了幾聲，沒聽到回應，繞過迴廊到邊廂，放生池邊，有幾個小孩正逗著烏龜玩，沒看到阿吉。

弟弟跑下去看古井，井蓋被石板封住，掀不開。

左廂的註生娘娘祠，一群婦人供桌上擺了水果在祭拜，問她們，也說沒看到「四歲男孩，白西裝，黑短褲，穿白襪子沒穿皮鞋的阿吉」。

提了皮鞋和機關槍回到石獅邊，再看見那半支糖葫蘆，心裡「哎呀」一聲叫出來！不好了。

那陣子，花蓮市的大人都警告自己的小孩，陌生人的東西不能隨便吃。有個戴鴨舌帽騎單車，載一只大竹籠的男人，送麥芽糖給小孩吃，騙說帶他們去玩。小孩被抓去後，男人載到砂婆礑，挖取小孩的腦漿，做了中藥拿出來賣！

戴鴨舌帽的男人！我想到那個拿糖葫蘆給阿吉的中年人，心中一沉，慌張起來。

不敢告訴弟弟，跟他跑回家去，一路上想著阿吉被騙上車的情形。

回到家，問姨媽，也說沒看見阿吉回來！我忍不住哇一聲哭出來。說了經過，全家人都慌了，哥哥姊姊全都被叫回家。

大哥騎了摩托車先去砂婆礑的路上攔截，其他人分配到各個路上守候，叮嚀只要看見戴鴨舌帽的中年人，便馬上呼叫求援。

全巷子的鄰居得到消息，丟了碗筷，擠到門口來；男人拿了扁擔、木棍，單車雙載的、跑步的分頭去搜尋。

姨媽早被我嚇哭了，披散了頭髮在神案前哭叫：「阿吉啊！阿吉啊！」

鄰居阿姨有幫她刮痧的；有人遞薑茶的，一群人圍著勸慰她：「天公會疼惜歹命人，阿吉會平安的。」

我和弟弟青綠著臉，又跑回廟口，依著找過的路，又找了一遍。在廟

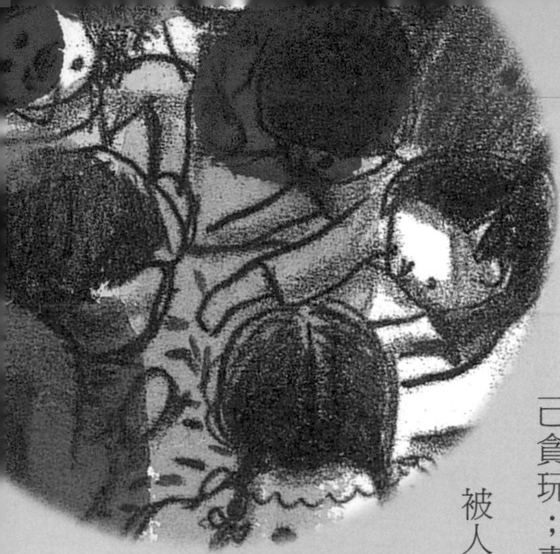

階下撿到一粒西裝扣子，也不知道是不是阿吉的，拿回來給姨媽，姨媽看了索性放聲大哭。

大年初二，出嫁的女兒回娘家團聚，喜氣洋洋的日子，變得愁雲慘霧。整條巷子的鄰居也擔憂，陪著姨媽哀聲嘆氣。我坐在廚房的矮凳上，責怪自己貪玩；責怪「無緣無故」打了阿吉，他才會被人騙走……

天黑後，奔走的人都回來了，大廳裡擠得滿滿的，有人想到報警；有人說請扶乩指明；有人說雇請專找小孩的阿堂騎車去廣播。老鄰長已經到廟口叫布袋戲和歌仔戲插播：「有個男孩，長得乖巧可愛，知道自己的名字

叫阿吉，四歲。穿白西裝、黑短褲，白長襪，沒穿鞋。他母親找得心魂喪失啦，找到小孩的人，請送來鎮安里，致送紅包一個。」

大哥特地裁了紅紙寫了「尋人啟事」。我和弟弟提了漿糊，每根電線桿去糊貼。奔走了一天，也不知道飢餓，回到家裡，只覺得兩腿痠疼，鉛重一樣的抬不起來，大人不罵我，心裡更是難受。低頭坐在小椅上，腦子裡亂哄哄。

到了深夜，阿吉還沒回來。警察和鄰長都搖頭。

我躺在床上，看見阿吉被綁在長滿刺藤和蕨類植物的洞穴裡，一直哭著：「表哥，我要回家睡覺。」

點了煤油燈的石壁上，一塊塊紅印，像貼在電線桿的紅紙。那個戴鴨舌帽的中年人，拿了鑽子和鐵槌，阿吉拚命叫著：「小表哥！小表哥！」

我驚醒過來，聽見姨媽和母親還在廚房說話，姨媽說一段又哭一陣，勸也勸不住。

爬起來坐在蚊帳裡，迷迷糊糊又看見阿吉在媽祖廟的古井裡，井水把他的西裝都浸溼了，阿吉說：「表哥，我好冷。」

古井口卻被石板封住了，我用力掀，怎麼也掀不開。那裡的回音多怕人哪！

再也睡不著，直等到天亮。才剛下床，就聽見阿吉叫媽媽的聲音，母親和姨媽跑出去，全家人都衝到門外，看到隔壁阿婆和他大孫女牽著阿吉。疲脫了一圈的阿吉，白西裝變成黑西裝，襪子不見了，打著赤腳。他囁嚅告訴姨媽說：「我找不到小表哥，媽媽不要打我。」

全家人又哭又笑，爭著去抱阿吉。鄰居阿婆與孫女到關帝廟燒香，看到阿吉坐在獅背上打盹，就把他帶回來了。鄰居們鬆了一口氣，圍在門口說：「打屁股好了啦！」

關帝廟在美崙溪的堤防外，離媽祖廟足足有兩公里遠，阿吉不知不覺跟著遊行隊伍走了。錯把關帝廟的石獅認做媽祖廟的獅子，坐在那裡等了一天一夜。

歲末冬寒，接近新年的時候，偶爾想起童年時，那種為新年即將來臨所做的美夢，心裡不免還喜孜孜，尤其阿吉表弟失蹤的失眠夜，現在想來，恐怖已經消失，倒反覺得詼諧、可愛。

包場看電影

好戲看後頭，我們去「撞大門」

看電影最爽快的經驗，是在讀小學的時代。朋友裡，曾有到戲院「撞大門」紀錄的人，不在少數，事隔多年，肯提過去寶貴經驗和好朋友分享的，居然是男士居多。這就奇怪了，我的童年戰友裡，不乏強悍的女性，總人數雖比男生略遜，但她們「撞大門」的猛勁和對電影的熱愛，卻遠勝有心無力的男生。

到戲院「撞大門」，撞的其實是邊門；但是那雙扇邊門開得夠大，說是大門，感覺也比較正式些。

「撞大門」還至少分兩種，一是兩場之間，帶座小姐在電影將「完」之前，我們趁週末假日，「影心」大發的時候，一批影哥、影姊在雙扇木門外擺開陣勢，從木板門縫瞄見帶座小姐在裡面剔指甲，準備散場、清場。我們派人敲門、擠門，擠得橫栓吱咯響，響得小姐按捺不住過來罵人：「猴囝仔，有錢租漫畫、搏過五關，怎不買票進來看？」

我們有人回罵；有人說好話，直到她上當抽開門栓，還沒來得及現身教訓的一剎那，一夥人擠進去。

另一種比較合法的是：午間最末一場電影，依慣例，電影放到末了三分之一時，觀眾還在戲院裡；但是在神祕窗口售票的小姐、把關收票和帶座的小姐，便將正門、邊門統統打開，擦玻璃、抹欄杆、掃地的忙將起來。沒誰這麼規定，但誰想看戲尾，也請便。這種狀況，照理不需要費勁「撞大門」，安靜走進去就是了；但是我們覺得這種走法，太直接，有受賞賜的意味，就算招待，應該老闆在場。而我們從來沒見過他一面，據說他當年在臺北、花蓮兩頭跑，選片、租片，兩地各有一組妻子、兒女，很忙的。

那些小姐的眼光偏又這樣不屑，好像我們巴望看的片子，她們已看得不要看了，是她們寬大，施捨給我們的機會，所以，我們還是要「撞大門」，讓形勢扭轉，變成機會是我們爭取的；而且也好玩些。要是能惹得她們開罵，那就更精采了。

看我們沒事也在「撞大門」，成群呼嘯，小姐們最常罵的一句話是：「你們包場的嗎？小鬼！」

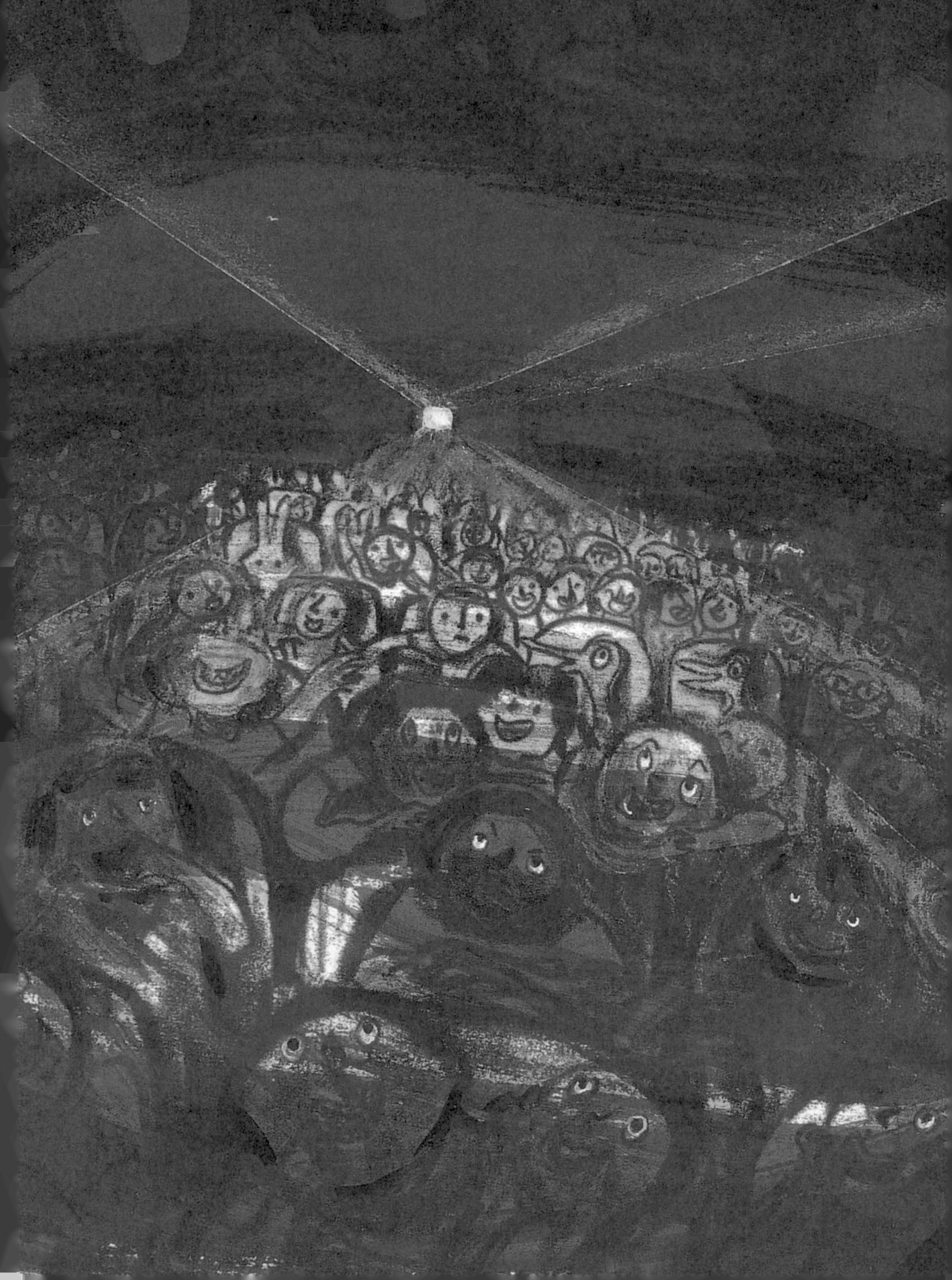

「撞大門」固然樂趣無窮，是我們酷愛的遊戲之一，有人覺得格調不高，尤其看那沒開頭的片尾，更近乎無聊。持這種看法的人，不說，人家還不知他外行！誰說看片尾沒意思？據我們廣讀各漫畫大師作品的經驗，最精采的情節，哪一本不是在最後幾頁？棒棒糖的最後一口是這樣；大人的沉甕好酒也是這樣餘味無窮；電影片尾當然也是；歌仔戲、布袋戲、變魔術統統也是好戲看後頭。

要說進入情節狀況的速度，是智慧高下的表現，我們那一夥結伴「撞大門」的戰友，個個都聰明。乍入暗漆漆的戲院，摸索著座位，就算在走道跌倒或坐到觀眾的大腿，給人臭罵一頓，我們還是很快進入劇情。

這可以由我們回家時的討論得知，即使前情的猜測有多種版本，片尾那一段倒是毫無爭議的，每個人都看得詳實明確，好人、壞人、主角、配角及人物關係，一個也沒弄錯。

看戲尾的後果，推測劇情的前因，這樣的反覆訓練，對於這群戰友，往後有人當了刑事組長；有人當張老師諮詢專線負責人；有人當作家；有人擔任高中訓導主任，在「職前訓練」上，看戲尾，肯定提供了驚人的好處。

家庭錄影帶時興之後，學生包場看電影的大場面，似乎已漸不再。不能共享這種無利害關係、不忮不求的悲喜經驗，不能和師友、同窗親密共度這種「黑暗時光」，在人生的學習上，實是一大損失。

有一次和一所國中的訓育組長談起，他頗有同感，正好輔導主任路過，主動加入討論，這輔導主任受過正規的心理輔導諮商訓練，他引申無礙，而且口才辯給。

他說：「電影是一種很好的群體治療，一大群人在烏漆抹黑的戲院裡坐著，精神特別集中，情緒特別放鬆，對劇情的反應是主觀的，而整體的感受卻是客觀的，因為大家隨著劇情哭哭笑笑，非常自然。

「今天社會的群我關係鬆散，和大家不一起到戲院看電影有絕對關聯。現在的人，最多的群眾經驗是什麼？選舉期間聽政見發表會，和走上街頭示威抗議，那種場面，會誤導很多做法的。」

這輔導主任未免言重了，但他說：「一點都不！我覺得本校在最近便應該包一場電影，讓全校師生分三場去觀賞。感謝您的提醒，往後若有什麼賜教，請不吝多多指正，本室將和訓育組長密切配合，馬上辦！」

我一下子以為我是哪裡派來的督學，或比督學更厲害的高級長官，一句閒聊，效果如此宏大。可驚可喜的是，不久後，他們兌現了計畫，全校包場去看電影。這天才輔導主任有鑑於當時縣外一所友校，畢業旅行的車禍慘事，力主停止當屆畢業生的參觀旅行，並將畢業典禮安排在戲院舉行，兩案併做一個活動，省時省力，一舉兩得。

戲院正在放映一部南非原住民與英國白人統治者紛爭的電影，他們在唱完驪歌後，畢業生與在校生看的便是這部《哭喊自由》！

電影是不能亂看的

小學時代看電影，是一件隆重的事。

若是家中有人獨自去看電影，不幸被人獲知，其罪過相當於現在一個人靜悄悄到國外旅遊享受，他未來的許多活動要被「免議」的。

一對青年男女相約去看電影，那是擺明了非君莫嫁、非卿莫娶的信號。鄰家一位帥哥，年過二十五，居然還打光棍，他母親屢次央求媒人說親，屢遭婉拒，忍無可忍，逼問媒婆，媒婆體恤她的悲情，終於透露，「聽說你家阿雄，和兩位姑娘一起去看電影，半年換一個，人家探聽出來了，叫我怎麼去開口？」

這個身價陡跌的鄰家帥哥，在母親再三告誡和自我反省後，痛定思痛，足足有兩年不敢請人看電影，連自己一個人去，也猶豫再三。

這個風采翩翩的帥哥，命該晚婚。他請過誰誰看電影的劣跡，直到三年後，那兩位姑娘早為人妻、人母，他的事蹟才為人所淡忘。媒婆再度出馬，為他去說媒，女主角和女主角的母親都是識大體的人，看男方在郵局櫃檯工作，正經營生，人又長得這麼沒話講，雖有往事那些小瑕疵，但也寬諒了。

女主角、母親和媒婆答應帥哥的邀請，同去看一場《火燒紅蓮寺》。這等於接受這門婚事，否則誰會跟誰去看電影？一行人盛裝打扮，在五彩燈光輝映的戲院門口會合，隆重進場。

誰知電影放到半途，紅蓮寺還沒起火，銀幕突然接來一段全身赤裸的火熱鏡頭，宜古宜今的一段，雖和古裝的正常劇情難說合不合，但女主角被她母親拉著，在媒婆一路的掩護和「夭壽」的咒罵下撤退。我們這無辜的鄰家帥哥，吹了這門即將到手的婚事，第二年又逢二十九歲不適婚，第三年祖父過世，直到三十一歲，他小學同學的兒子都已經小學畢業了，他才勉勉強強為人夫、人父。

真是嚇人，但也成為小鎮青年的一項殷鑑，誰不相信，還可以到郵局櫃檯去看真人真事，就像看電影一樣。

符合常情的看電影，是全家出動的，就像吃喜酒或大拜拜那樣，一家人在天黑之前，都洗頭淨身完畢，出客的稱頭服裝穿好，七點開場，六點不到就到戲院口了。這種人家還不算心急的，比他們早到的有好幾團，每一團包括祖父母、父母、六到八個不等的孩子，只要早來個三、五團，戲院老闆看見，對於當晚的票房便有八成信心了。

電影提供正式的家庭聚會、男女戀愛場合和政令宣導，戲院外的各式攤販，集合成夜市，幾乎從出生到仙逝的所有用品，都能供應。看電影之前，先逛夜市，購買夜市物品的喜怒哀樂，居然和任何一部電影的情節，也隱隱相扣。

舉家出動看電影的開銷，據說和去一趟臺北相當。開映之前在夜市買些日用品（早想添購的，趁便買了；或臨時起意，突增預算的，曾看人拎著蒸籠和掃把進戲院），孩子們買零嘴，電影散場後，全家去吃餛飩或蚵仔煎，一團以十人計，說是費用足夠從花蓮到臺北來回，想來也不誇張。

家庭看電影，如此浩大，機會總不會太多，我們除了「撞大門」這種非正式的遊戲，巴望的只有學校包場，到電影院瘋一場。

什麼時候，我們再去包場？

小學六年，學校包場看的電影包括《賓漢》、《埃及豔后》、《白雪公主》、《齊瓦哥醫生》、《世界盃足球賽》、《月光俠》和《迷你縮小軍》，不下十部影片，平均是半學期一場，也有多達兩場的。影片和日期的選擇，據說是有個後來當雕刻家的體育老師選的，品味相當高，至於比較適合老師看或兒童看，這又難說了。

反正我們也不在乎看些什麼，在尊師重道還被確實實行的年代，老師說的、選的準沒錯；何況，我們看懂看不懂是另一回事，重要的是「當我們同在一起」，我們共赴一場盛會，我們暫時脫離考試和補習。那歡喜可以從包場的前一星期，持續到看完電影後的半個月。苦中作樂若是一種智慧，此時我們也是聰明的，我們就是這樣熬過來的。

包場的時間，全部安排在早上十點的正式場次之前，這是為了壓低包場費用，讓大家以最低的消費，享受最高的快樂。甚至為了讓多出來的「零頭」學生，能在一場同時裝進去，一張座椅坐兩人、走道坐人、抱人（規定是胖子抱瘦子，所以我常是抱人的），附帶在電影結束後，擔任導護老師的班級，還得留在戲院打掃清潔，另派一組「特派員同學」專責清洗驟然氾濫的廁所。

這些安排也都無妨，只要我們能包場，進戲院看電影，其他都是小事。

照例在電影開映之前，軍人轉業的校長會上臺致詞，他照例要求各位小朋友保持安靜、不准亂跑、不准亂丟果皮紙屑，以保持我校的榮譽，將來成為堂堂正正的好國民。但我們照例是該哭、該笑、該吶喊加油、該鼓掌，都由劇情決定，誰也管不著。在漆黑的戲院裡，照例有人四處巡邏（有人還真行，在黑矇矇的戲院裡，也能找到仇家，當場大幹一場），所以有人被老師抓到了，罰站著、半蹲的，在舞臺前站了一排。

包場看電影的最大趣味，建立在觀眾的水平相當，所以才能聲氣相通，彼此呼應。《賓漢》駕戰馬和對方比賽那一段，大家看到對方那傢伙，居然「很小人」的在賓漢的馬車做了手腳，男女同學敵愾同仇，一致在電影院開罵。《十誡》裡的海水分開，整個戲院嘩一聲，聲浪晃動薄薄的銀幕，把海水扭擺得似乎要溢出來。《齊瓦哥醫生》在雪夜的窗前寫信，全場無聲，彷彿也被冷到了。《世界盃足球賽》是大部分小朋友的足球入門，體育老師穿著體操選手常穿的貼身白長褲，先在舞臺示範解說，並將世界各足球強隊的明星球員做一介紹，被介紹得最多的，是一個叫比利的巴西球員。

有些包場的電影，內涵和情節的鋪排，對我們是太深邃也複雜了些；不過，除了整體的歡樂氣氛平衡了這些遺憾，現在想來，並不覺得有何缺失。我們不懂《齊瓦哥醫生》為什麼在當時要這樣、要那樣，但其中的片段影像卻令人永生難忘。日後再重看、重讀原著，若無過去那些零星片段久藏心中，恐怕再次咀嚼滋味也不是那麼圓滿的。

長達一個上午才看完的《亂世佳人》，中場休息了四次，加上有小朋友來來去去，游擊干擾；但郝思嘉的美麗、薄命和堅強，我們有人是看進去的。她和白瑞德分分離離的感情，令人不解；但他們是很好的一對，印證於我們班上一對早熟的同學和我們父母、鄰居的阿姨和她們的丈夫，其中也有相似之處，那種不解的糾葛，我們也是同意的。

好久沒有開同學會了，要是能找到大家都不忙的機會，把所有人找來，包括那些「撞大門」的戰友，和被電影所害的鄰家帥哥，在某個上午包下一場電影，悲喜自在一場，那該多爽快！

潘老師的「遺書」

潘老師不在我就讀的學校任教，小學生的我，還不習慣把我學校之外的老師也稱呼老師；只因自己的家人和左右鄰居的阿姨們這樣喚叫她，我知道這麼一回事就是了。

嚴格說起來，潘老師也不太算是我們的鄰居，雖然我們兩家相隔不到五十步遠；但橫隔了一條大水溝，這就覺得有裡外之分，就疏遠了。即使來來去去，不時會打照面，心裡卻總有疙瘩，對於我，除了因為她的老師身分，讓我這個時有逃學念頭的人畏怯，她家那個美麗的日式大宅院坐落在水溝外（其實，水溝外的人也叫我們是「住水溝內的人」），我們通常叫他們是「鐵路腳」，也以此來劃分鄰居的歸屬；而既不是鄰居，當然也少了三分親。

讀小學中年級開始，每個天晴的禮拜天早上，我固定要到水溝底洗球鞋。我不喜歡在鄰近木橋的洗衣場和那些媽媽一起洗，她們老愛指導我這樣刷、那樣洗，囉嗦得不得了（我每個禮拜來，又不是不會洗，要人管）；而且她們對於我家的大事、小事知之過詳，尤其是我逃學的「案情」太清楚，沒事冒一句問話：「現在好一點沒有，有沒有在偷跑？不要再跑了，乖乖讀書吧，你又這麼胖，給你媽媽綁在榕樹幹，不好看啦。」（我大步走出校門，怎麼叫偷跑，不好看？也沒人請你看！）

木橋邊這塊洗衣場，我怎麼待得住，所以我總往上游移師，到潘老師她家那個宅院前的溝邊湧泉，洗刷我的球鞋。

偶爾，我端著鋁盆和刷子路過潘老師的家，會看到她在院子的大葉山欖樹下看書。潘老師坐在藤椅上，緊靠著七里香矮籬，在晨光散透的綠蔭中專心閱讀，潘老師的神情和草木勃發的滿園草木，以及洗刷得極乾淨的日式木造宿舍，總讓我端穩鋁盆，放輕腳步，生怕發出聲響，干擾了這片寧靜。

走到我洗鞋的湧泉，先要下六級石階，石階兩側長年布生青苔，它們在階頂的一棵西洋橄欖樹下密密生長。我輕刷球鞋，有時也抓蝦和撿摘肥碩的橄欖，用清澈的湧泉水洗淨，吃一客生蝦配橄欖，這些動作都不敢出聲；有時，就在石階坐著，聽潘老師家傳出的風琴聲，不知樂曲的名字，只覺得好聽，把自己想像成在法國餐廳享用美食的客人。

對潘老師的認識，大抵都來自我們「水溝內」那些鄰居阿姨們的傳聞。那麼大一棟宅院，只住潘老師和她的母親，這不嫌恐怖嗎？潘老師的父親到南洋當日本軍醫，別人都回來了，只是不見他的人。

潘老師是我們小鎮第一個會騎腳踏車

和配戴近視眼鏡的女人，當然也是第一個敢單手騎車的女人，據說是因為教鞭常「無故失蹤」，所以她日日攜帶，才學會這個高級技術。潘老師的書房比一般人家的神明廳還大一倍，藏書比我們東部的書局也不輸；潘老師不買脂粉，只買書，小鎮的書局買不夠，還託人四處寄來；輪到送她家信那一區的郵差，都要在腳踏車座後加綁一條麻索。

一九四七年三月，潘老師跑去幫她的男朋友和他的朋友們燒飯、洗衣，後來被關了半年多；潘老師到四十歲還不嫁人，是在等他失蹤的男友回來；潘老師不愛笑，是因為上排牙齒長得不好看……

這些傳聞不知有幾分真實，我懷疑。依照她們對我逃學的轉述，那種誇張的、摘錄精采片段的、擅加評論的渲染描述，我不認為真實性太高；但是這些傳聞在我遠觀「安靜的潘老師」時，卻竟也是全部的印象。就像我的逃學趣談，許多未能躬逢我慘遭責罰實況的現場同伴，竟都相信他們媽媽的傳說，而不信我的辯正。

小學五年級開學不久的一個禮拜天，天氣晴朗，夏末晨光和煦。戒除逃學惡習的我，仍然不願在木橋邊的洗衣場和那些媽媽「混在一起工作」。我端著鋁盆和刷子像往常一樣要去我的老地方洗鞋。

走上木橋，往橋下瞥一眼，洗衣場比我預期的要冷清不少，只有三兩個婦人努力搓洗衣褲，卻有七、八隻拖鞋和散放的溼衣堆，「會不會是跟人家偷跑呢？要不然怎麼她們『鐵路腳』的厝邊也不知道？」一位婦人努力搓衣，大聲的說。

「剩她老母一人怎麼辦？那個歐巴桑看來也是個溫順的人，怎麼這樣歹命，人呀，真難講。」

一群打赤腳的媽媽們，踮腳跟從潘老師家的方向走回來，一路竊竊私語，看我站在木橋頭，先說：「不要過去啦，沒看那裡那麼多人？在我們這裡洗也一樣；只要你出力，一樣會洗得很乾淨。」

她們不說，我還真忘了向前走，這一提，我趕緊舉步。她們一見，在背後又說：「就是這樣，搞怪，大人說話都不聽；老師說話也不聽，才會給人罵。」

一位在溝邊的婦人起身看我，說：「說誰呀，哦，這個小孩啊？我看伊也很麻煩，伊老媽說伊學校的正經書不好好讀，整日看些有的無的，零用錢捨不得買吃的，統統拿去給溝尾的租書店那個禿頭。看書，看得一個人憨憨的，煩惱喔。」又壓低聲音，似乎問那些觀察回來的婦人，「說是潘老師也愛看書，有人說是那些書惹了事，真的嗎？」

我端著鋁盆和刷子沒到石階下洗鞋，直接走去潘老師的宅院外跟人圍觀，那幢木造的日式宿舍所有門窗都給拉開了。我第一次看見這幢寧靜而神祕的房舍內景，卻意外的那樣紊亂，被撕毀、散落的紙張和書本從屋內漫出到庭院外，玄關內外有幾本書，懸空的長型憩臺也有幾本書，連木條欄杆上也掛了一本，彷彿有人將它們從屋內擲出來，準頭不夠，用力不夠，沒能如期丟到屋外。

潘老師的家裡有哭聲，聽來是她白髮的母親，一個老婦人的濁瘂的哀號，也有幾個老婦人的聲音，似乎在安慰她。不久，「鐵路腳」豆腐店那個老闆娘走出來，向圍觀的人揮手，示意大家離去。

人群向後退，退出庭院外，也終於散去。我端著鋁盆和刷子到溝邊的石階上，在橄欖樹下悶坐，望著這幢曾有風琴聲和高齡母女共守的宅院，直視不解，彷彿只是在一個暗夜之後就走樣了？

是誰把那一屋子的書本翻攪弄亂？是誰將它們如垃圾一般丟擲出門？為什麼要這樣做？書，為什麼這樣惹人討厭而幾近憎恨？

潘老師的白髮母親在那天中午時分，被人用三輪車接走，直到我們遷離「水溝內」的舊居，沒見她再回來過，愛看書的潘老師當然也是。

她們這一對母女的事，在往後我也是聽說傳聞，說是潘老師執迷不悟，看了許多不該看的書，所以遭人突襲抄收，在豆腐店的第一盤豆腐做成時被逮捕，連同引為證據的書籍一併帶走。餘下的一屋子書籍是她幾近精神崩潰的母親扔出來的。她的親戚接她去療養院休息。

散落在那幢大宅院內外潘老師的「遺書」，大家相互告誡，無人敢去翻動。小鎮的天候陰晴不定，時而風雨交加；時而碧空豔陽，在大葉山欖樹下、七里香矮籬旁的「遺書」，時溼時乾，不到一個禮拜都翻捲起來，正好給和風緩緩展頁；給急風速讀，晴雨都無礙。

潘老師的「遺書」竟成了我的個人圖書館，我遵奉家人指令，不敢將那些「遺書」帶回家，卻每每趁放學之便，進去撈一本，躲藏在七里香矮籬後閱讀。禮拜日的洗鞋天，更好，坐在湧泉溝旁的石階上，往往可以看上三、兩本，看過之後，復還它被散落的原位。在那一整年，我知道了阿Q、魯賓遜、林語堂、柏楊，看了一疊過期的「新生兒童」、烹飪、裁縫和看不懂的日文書……被雨水洗滌過，被陽光曝曬再加風乾了幾回的書本，竟有青草香和泥土味，每一翻頁都咧咧作響，那聲響和我頭頂上的大葉山欖的闊葉相互摩搓的聲響完全相似，上下呼應。

潘老師的「遺書」所成立的自助圖書館，一如她的廢棄大宅院，寧靜而神祕，除了狗兒和我，再也無閒雜人等來參訪。在這樣好奇、些微緊張和一點點悲戚情調裡讀書，即使看得似懂非懂或全然不解，竟也有一種閱讀趣味。顯然，潘老師的「遺書」對於我泰半是超齡的，該是兒童不宜。它們油生的閱讀趣味，該也是非傳統的，甚至是一種詭異的趣味。至於此後「軟硬皆吃，葷素不拘」的閱讀習慣，究竟是潘老師的「遺書」所賜，或是在此之前早已種根，這就無從查驗了；但是在那種神祕氣氛下探索文字圖書的世界，使我對閱讀更加沉迷，是可以確定的。

奉茶

從八歲到九歲，他有整整一年把「奉茶」看成「春祭」。這要怪，先得怪他自己識字無多，又老有聯想臆測超過現實見聞的毛病。但是，開春之後便置放在橋頭古榕樹下的茶壺貼紙，怎麼兩個字也寫不清楚；而茶漬、雨漬滑過壺肚，「奉茶」分明是「春祭」。

多廟會祭典的小鎮，在路口、橋頭、河畔或田間，常見鎮邪的碑石、納福的紅綵和香火不旺不熄的土地公廟，它們的設置緣由，不見石版鐫刻的沿革記載，偶有人閒談提及，因為知者甚多，或傳述人的語氣過於家常，態度是有意似無意的隨興，所以常教聽者無心，總以為這些都是生活，是平凡人間一樁細事。只有外鄉異客，才會驚怪聆聽，就像是大樹頭誰擺了供品膜拜，卻又不見人影，這也沒什麼好多加詢問。

古榕樹下的「春祭」

橋頭的古榕樹下，閒閒擺了一張高腳圓椅，放置一只黏貼「春祭」的大茶壺，雖然壺蓋還倒覆了一只陶杯，他這個入學一年半的啟蒙生，多看了一眼，把那兩字大聲念出來，仍不覺得不妥何在。

年過後，暖春漸來，播種插秧、雞鴨追逐、春貓嗚嗚叫，在過往路人最多的河畔橋頭祭拜春神，他認為十分合理。而清泉泡茶，不但備有茶杯，還將心意用紅紙黑字寫得明白，讓人、神都知曉，這種俐落作風也是好的。

他牢記著父母交代過，「不論在哪裡看見供品，不管人家放的是草粿、木瓜或金柑糖，看一眼可以，千萬不能動手。」他還牢記了「春祭」兩個字，筆畫不差的學樣，在書包的帆布蓋內，以紅色原子筆重寫它一遍。

那時，他戒除不久的逃學欲望，仍不時蠢動，氣氛殊異的教室，與他沖剋；但家人的期許，和低年級所有老師對他極具感染的脫逃舉動的懼怕，讓他良能未泯的也想壓壓崇尚自由的野氣。他想，春神既然統管大地萬物，他當然也在列管的範圍，將「春祭」寫在書包內，至少也能求個平安。

元宵前一日，他終於目睹有人提來大茶壺，來人是鐵路下豆腐店的老闆，瘦得像豆乾的老闆置放了茶壺，新貼一張「春祭」，再將樹下清掃乾淨。回頭看見他，說：「今天煮的是福肉茶，你要不要先喝一杯，嘗嘗夠不夠甜？」

他自小嗜甜，甜香撲鼻的龍眼乾熱茶，令人難以抗拒；但家規謹嚴，在橋頭公然啜飲「春祭」供茶，消息傳回去，肯定是沒好臉色看。

他不置可否，「你每天都換茶，每天都是福肉茶？」

「一天至少一壺，麥茶、花茶都有，這三天換福肉茶，你要不要先喝一杯？」

「水壺會自己乾掉？」

「什麼意思，自己乾掉？每天都喝光，有時還要多煮一壺。你到底想不想喝一杯？」

「是人喝掉，還是給神喝？」

豆腐店老闆幾乎是發火了，「你不就是逃學給綁在這樹頭的那個？你這麼愛問，怎麼會逃學？我告訴你，我老母身體欠安，到媽祖廟許願，甘願煮茶給過路人飲用，這口茶壺要在這裡放一年，喝茶的人多，福氣就愈多，你好心就喝一杯，不要再問行不行？」

豆腐店老闆自己灌下一大杯福肉茶，低頭一看，看一群螞蟻爬行，愈想愈不安，「四隻椅腳沒放碟子，裡面裝些水，我這壺福肉茶還不夠這群虎鼻獅吃。」

他趁豆腐店老闆回家找碟子，託他管理那群聞香嗜甜的螞蟻時，也替自己倒了一杯。哦，真是齒頰留香。

那壺偶有佳作的茶水，不定時更換內容，因為變換無常，更有期待與趣味；只是他總不明白，夏至已過，那「春祭」依然，西伯利亞來的寒流來襲，它仍供茶一壺以祭春神，這春祭也未免太長，而春神和媽祖又有何關係？

他不敢多問，免得又給揭露瘡疤。他每天路過橋頭榕樹下，查看四下無人，喝它一杯！

紅紙提示的春祭，給四時常綠的榕樹襯托，納福且喜氣，那一年，他過得平安快樂，不能說和這毫無關係。

琥珀色澤的茶水滋味

他喝茶向來仰頭伸頸，一口灌下，不巧捧到滾燙熱茶，總吹氣散熱，這形象，讓稍識茶道的人看見，一眼就識破，「這傢伙哪有品味」。有一回，湊興到茶藝館，主人殷勤，特來款待，他見到高矮茶杯各一只，小巧可愛，主人以極優雅的手法為他在高杯斟倒一杯，他順手抓起杯子，直接就口。那主人大驚失色，手上那也是小巧可愛的陶壺險些掉落！

他實在欽佩那些舌頭能辨出幾十種茶味的人，以及他們啜聞茶水的儀態和耐性。他愚鈍的舌尖，隱約能辨別的只有花茶和非花茶，確知的是燙茶、熱茶和溫涼茶，就像吃魚只能分海魚和淡水魚，確知多刺魚和粗骨魚。

在茶道人士和他那些日日茶水不斷的父老長輩的簡約分類中，他是品味普及，格調有待用力提拔的鄉人村夫。

他將飲茶視同喝水，該和有記性的童年，便看見家家戶戶常年在神案下的方桌擺放大茶壺牽連。他灌茶的模樣，當然也不是自創的，記憶所及，誰不都是高舉茶杯一口咕嚕暢飲？能正式的以茶杯倒茶，這還算講究了，即使以飯碗喝茶，似乎也少有人見怪。

他童年所住的長巷，工人居多，其次是農夫、算命師、教師、棒球家族和市公所祕書，這些人靠的是流汗或說話營生，他們家的大茶壺，一個比一個大，固然時尚傳統所致；但他們自己和往來朋友，可能也是渴望大碗茶補充水分或潤喉的人。

一般家庭沖泡的「麥仔茶」，甚至和茶葉無關，熟炒的麥粒抓一把煮開，取的是香氣、水色和降火生津，主要還在解渴。說是茶，原始的意思則是湯水。「麥仔茶」的原料，每家雜貨店皆販售，價廉物美，非常適合供大茶壺常年使用。

他的家人好客，也不在鄰居之下，款待客人的禮數，旁的他看不清、學不來，但是上客奉茶，他是印象深刻的。他家的客廳大桌，一桌數用，可用餐、拜拜、待客或做功課，這些功能有別的器具，在用過之後，一概撤收，唯有大茶壺和雙層茶盤及茶杯能長期駐守。

不嫌茶水淡薄，喝兩杯

他的外公是資深茶商，所以他家除了「麥仔茶」，不時也有母親帶回來的真正茶葉可沖泡，那些含有茶梗的粗茶或茉莉花茶，談不上稀罕，但也不是那麼平常；而茶葉和麥仔茶的茶筒，一概放進碗櫥裡。這並非他的外公和祖父往來平淡，隱約還有些過節，不肯將茶葉筒示眾，是當時的人家不興這些。不像現今，喝一小杯茶，從茶具開始，一列十幾件，把一張桌子占去一半。

以茶待客是平常事，是溶泡入生活的禮節，是歡喜誠意的代言，重在自然無拘；因此，冷熱不定的茶葉或麥仔茶，以茶杯或飯碗盛裝，在那率真的近乎粗糙，卻誠懇的無章法年代，現今的茶藝、茶經、茶道，不論復古或創新，可能都要被看作繁縟瑣碎。

他家的大壺茶水，在自飲和接待親朋好友之外，對過路客、商販，在亭仔腳試探以物易物的泰雅族婦人、彈唱月琴悲調的男子，也一併在共飲的範圍內。他甚至見過一個身形殘缺、毫無彈唱才藝的正宗乞丐到他家求飯，乞丐在他家門口的榕樹下用餐完畢，蹬回來又索取一碗茶水，他祖父依然樂於供應，還說：「誰都有不便利的時候，能給人的是福人。人家不嫌棄我們的茶水淡薄，請他喝兩杯也是應當的。」

他的舌尖，這輩子要想在各味的茶水裡入道入經，顯然指望不大。對於雅好茶藝的友伴，他們能在一葉飄浮的茶心讀出生活的情趣；能在琥珀色的茶水嘗出生命的滋味；在精巧的瓶瓶罐罐裡摸索出美的哲理，他也抱持欣賞。只要他們不在精緻的茶藝品玩裡，玩掉了茶水最初的作用及其善意的媒介。

只不過他想到在不精緻年代的長輩們，以粗茶、非茶的「麥仔茶」自飲和待客的豪氣與真摯，他仍然懷念不已。

路上的故事

問路

俗話說「路在鼻下橫」，「鼻下橫」指的是嘴巴，意思是找路要多問。往白冷瀑布的路上，我們每逢一個岔路，便向店家或在田裡工作的農人問路，問過三五回後，終於走到一條「從這裡直直直直往前走就到了」的小路。

直向山谷的小路，也實在太直、太長，使我們不得不再問一問。正在苗圃園操作的兩個工人說：「沒聽過這個瀑布。」

苗圃園的女主人也說：「有這地方嗎？」

她喚叫小兒子出來問，幸好他說：「我聽說過，但是我沒去過，我陪你們過去問一問。」

這少年很熱心，陪著我們去問路；陪我們往山裡走，問到了那座「水質清冷、落差大而水潭迴流極美」的白冷瀑布。少年在瀑布下展臂歡呼，欣賞瀑布美景，他的歡欣想是因為達成一件「任務」？

他卻說：「不是！我長大到十三歲了，第一次來這裡。」

真不可思議，這瀑布距離他家只不過三十分鐘路程，他怎麼還要向人問路？

再一想，這少年問路於鄰居的事，

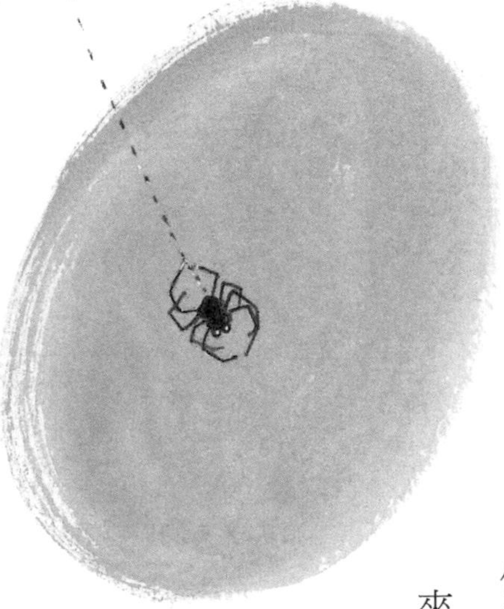

其實也不算特殊，包括我們自己，不也是常犯「因為太近而看不清」的毛病？對於他鄉的興趣和了解，往往勝過自己日日生活的環境。對於自己分內以外之事知之甚詳，而自身的必要工作卻盲目不見；對於外人不吝讚賞鼓勵，而最親近的人卻漠不關心？

這條人生的路，可要好好自問了。

舊站房

小站不停，特快車速速掠過。

距離小站幾里外，他的朋友特地提醒：「再過去那個小站，快被拆除了，那小站很有味道的，你注意看。」

他果真等著，也果然看到那個小站。月臺與站房間沒有天橋或地下道，旅客這樣張望鐵軌，快步踏上站房下的十幾個石階；而小小的木造站房，有著鱗片形木板的房身，粗厚的柵欄扶手，長銅綠的房頂和很少的旅客，以及列車通過必在欄外迎送的站長。

朋友說：「有一年，正月初九天公生，半夜凌晨，我隨父母坐火車到這裡，天公廟就在站外不遠。

「人山人海，人都浮著走。回程的時候，要在這個小站買票，我父親才知道錢不見了，不知是買金紙時掏掉的，還是被人扒走，口袋只剩幾個銅板。人那麼多，卻找不到熟人可以借錢。

「那位站長不肯讓我們無票進站，他寧可代我們買票，幫我們買了兩張全票，一張半票。我母親請他吃麵龜，他也不肯，他說：『莫想著來拜天公遇到歹運，要想小劫化掉大劫，一家平安就好。』我父母的心情，給他說得開朗起來。」

朋友形容那小站舊小，倚窗的長條椅漆了嫩綠色的油漆，在焦灼等待時，他的指甲輕輕一摳，摳下一片漆，底下的漆片一層層，竟像年輪一般。母親帶他進站房向站長致謝，那站長竟也摘下大盤帽回禮；他聽見月臺外的海濤聲，站外有清冷的曙光，景色看不清，他很緊張，但覺得站房很溫暖。

「我第一次約女孩郊遊，也在這裡下車，我帶她去走草嶺古道。當時也有把那女孩帶來給站長看看的意思，其實，站長哪會認得我，十年前的事，恐怕也早忘了。出站時，我向背手在站房內走動的站長點頭招呼，他仍是那樣回禮，兩桌、兩椅的辦公室，所有陳設似乎都沒變動過。」

朋友說那天下山，又回到小站搭車，候車室只有他和初戀的女友兩人，他要北上回學校，那女孩自己回羅東。往羅東的列車先來，女孩不要他去月臺送行，要他留在候車室。他扶著欄杆才想起來，走了一天的古道，居然沒碰過那女孩的手。他罵自己笨！不斷揮手，列車離站後，他狠狠捶那入口欄杆，發覺那位站長也扶在欄杆觀看，目送列車離去。

那位站長問他：「認識多久了？」

朋友據實以告：「暑假回家認識的，一個月零五天，我參加山地服務隊，她在山上的托兒所當保育員。」說得那樣詳細，彷彿告訴一個自己信得過的長輩，讓他也分享喜悅和那種不確定的憂慮。

「後來怎麼樣？」他問朋友。

「什麼怎麼樣？你問那個站長？不記得他說什麼。我趴在欄杆看一列列快車急駛而過，站長每天對火車目迎目送，在月臺上，他站在那個高高的階梯上像標兵一樣直立。他也一直沒有認出我。」

「那個女孩？」

「後來，嫁人了。嫁給一個不錯的山地青年，生了三個兒子，聽說的。」

朋友說那棟將拆除的舊站房有味道，也許是油漆的味道；也許是木頭的味道；也許是只有他才深切明白的舊日情懷，給時日醞釀過的滋味。

特快車速速前進，給朋友那麼一說，他倒真也看到那小小站房的影像給黏貼在窗玻璃上，一直到進了隧道，才消失……

撒韻之鐘

兩個快樂的婦人一起坐車。

過六十歲，身體健康的婦人才會有這樣的笑容，綜合了開朗、含蓄、歷經世事翻騰後的坦然，以及可愛的戲劇化表情，像許多歷經日本教育的臺灣婦人特有表情。

兩人的雙膝並攏，皮包放置小腹上，背一直是撐直的。話題在同學、家庭、孩子、健康及先生之間移轉，一方說話；一方聆聽，說話的人淡然；聽的人專心，任何話題都含笑應對。

列車穿出東澳長長的隧道，來到大南澳平原，窗外景色豁然開朗，從南澳大山沖刷而出的礫石和淤泥，張開一面扇形的沖積平原。

部落的石板屋、洋房、教堂、飛簷廟寺和檳榔樹，同在一條筆直的道路兩旁，列車在迴轉間，把街景和山野都看得詳細。

一個婦人的手指抵在玻璃上，指向溪的上游，半山腰下的一個部落，「金洋村，你記得嗎？撒韻的家。」

「哦！記得啦，可愛的撒韻。聽說撒韻的紀念碑，最近又給挖出來了，這多情的女孩。」

兩個婦人的神情都黯然下來，瞇眼看向那部落，和清澈的南溪。

「還記得〈撒韻之鐘〉那首歌嗎？是電影的主題曲呢。」

「記得呢。」一位婦人開口唱歌，輕細的一段優美旋律，另一位婦人也跟著唱和。

是二次大戰末期的一則故事，六十歲以上的人大約都知道的，卻少有人知道故事就發生在這段鐵路的隧道與隧道之間，從車窗能望見的那個小小部落。更年輕的一輩，怕是大半不知。

日籍的年輕警察在一九四〇年代初期派在這個金洋部落，也兼任山地小學的教員，英氣而斯文的警察老師是孩子們的偶像吧？有著烏黑美麗大眼的少女學生，總願意和這樣的老師多說幾句話。

戰爭末期總動員，警察老師被徵召到南洋的前一日，老師整理了行李

要下山，一群孩子都來送行，有人為老師準備了麻糬、芋頭和南溪盛產的毛蟹，陪老師走一段出征的路。

這段路因為戰爭的陰影太濃重，所以無話可說，陪行的隊伍拉得很長，無人再像往日師生出遊，孩子們總圍繞老師談笑。

撒韻幫老師背負行囊，走在最後。

當大家涉渡過那道竹編的便橋後，才發現最得老師疼愛的撒韻沒有跟上，湍急的南溪有老師的行囊在一處漩渦上，撒韻隨波而去，再也不見。

警察老師在南洋征戰，被俘虜，回去日本後譜下這首歌。故事拍成電影，是以後的事，〈撒韻之鐘〉傳唱開來，也是很久很久以後的事。警察老師為撒韻設立的紀念碑，在時光的淘洗下，紀念碑給泥沙埋葬，〈撒韻之鐘〉也久未聽人再唱。

說。

「說那支影片是日本統戰臺灣的電影，〈撒韻之鐘〉是日本的統戰歌曲，所以，最好不要唱。但是，師生的感情是那樣好呀。」其中一位婦人說。

不知從哪裡上車的一群年輕人，手提錄音機，從一節車廂遊走另一節車廂去，看來像是要去郊遊，也許就要在南澳下車？錄音帶播放著快節奏的搖滾歌曲，他們輕快的腳步倒也完全配合上節奏。

兩位婦人閉嘴闔眼，不再唱歌。

貝殼項鍊

在澎湖的一座小島上，通往砧硓石舊厝群落的路旁，看見一位老婦人坐在銀合歡樹叢的背風、背陽處，陳售一串串細貝殼項鍊。

看年紀，這老婦人總在八十開外了吧？而她的中氣飽足，又比六十歲的人還響亮有力，說：「看一看，澎湖的貝殼項鍊，查某囝仔戴起來真好看，給孩子們帶兩掛回去吧！」老婦人叫賣的聲響，有別於馬公街頭的店家，是引薦的、宣告的，像是在此席地納涼，看外來客停步觀看，順便展示介紹。若不是坐姿低矮，稱得上不卑不亢。

也許歷經歲月，識人無數；也許這小島不乏外來客，老婦人毫不畏生，隨手一招，「走累了？坐一坐，我們澎湖的沙地很乾淨，不會弄髒衣褲。」她拍拍貼地的褲管示範，又伸出腳掌，「你看，清潔！」我們都笑了。

不見外的人，大抵是健談的，隨緣做生意的老婦人，也是這樣。老婦人的娘家在馬公，嫁到這小島六十年了，丈夫在十六年前去世，「我也到臺灣三次，臺灣很熱鬧，是我自己住不慣。三個兒子都留我住下來，兒子、媳婦都很好，是自己要回來的。」

老婦人的大兒子在臺北「幫人印書」，老二和老三分別在高雄和宜蘭教書，「連孫子、孫媳婦加起來，我們家一共有十二個老師，從大學教到幼稚園，統統有。」

老婦人說：「他們常常回來看我，都很孝順。就算沒時間，也有電話。」

兒孫們大約一年回來一次，因為分次來去，讓老婦人覺得「常常有人回來看我」，更何況「我除了脊椎骨長刺，從來沒有病痛，他們都忙，坐飛機、坐船，一個來回要三天，是我叫他們沒事不必這樣跑的。」

老婦人再三強調兒孫們的好，以她的健康狀況和衣著，向我們證明她善於自理，而且衣食不愁，「拿這些貝殼出來，因為太閒了，而眼睛還不錯，串成項鍊，有人買就買，沒人買，放著也不會壞。」

老婦人說的話，我們在在都相信，老婦人顧及兒孫事業前途，不願他們奔波探望，話題一旦可能讓人誤解兒孫，便趕緊怪罪自己；至於說到自己種種的好，無非也是隱指兒孫在他鄉三不五時的問候所致，她是託福所得。

低矮的銀合歡樹叢外，是一片細淨的珊瑚沙地，再過去，是木麻黃的防風林以及林外的大海。席地而坐的老婦人，在樹叢的背陽處，讓人愈看愈亮眼；只不過她的兒孫偶爾想起，回來看她，不知能不能一眼就找到？

我讓老婦人代為挑選兩串貝殼項鍊，以及紅、白各一串的珊瑚，她反倒顯得不安，「阿婆工夫，不知串得好不好看。你買這麼多，我不好意思，」看我起身揮拍沙土，她說：「澎湖的沙土很乾淨，不黏人，對不對？」

澎湖的沙土能把一個婦人留住一生，哪會是不黏人？

像一棵樹的老婦人

屏東三地門鄉的海神宮峽谷，海風吹不到，從山頂望不到海洋，也許因為如此，特地取了這麼海洋氣味的名字，讓山地部落的住民，多一分想像或補償？

一位魯凱族的老婦人，在海神宮的入口坐鎮把關，她見著訪客來到，笑盈盈招呼，當個和善的守門。

老婦人端坐小矮凳，她不到樹蔭下納涼，在礫石空地曬太陽，神態優閒；但雙手的動作極為敏捷。老婦人採了一大把苦苓樹的葉片，以髮帶束綁，做成一頂只有帽沿，沒有帽頂的新鮮草帽。

老婦人會說簡單的國語，看我們似乎極欣賞她的創意，她開心的笑，「很涼、很香，很好做的帽子，」她說：「那一棵樹的葉子最好。」她推薦我們也去摘一些來做，不怕我們和她比美。

老婦人以棉線編織有著網孔的布，她交談和四顧都無減雙手編織。那是精細的在峽谷山坡盛開的馬纓丹圖案，一朵朵連綴，大小相似，純白的棉線自有它美麗的紋路，無需色彩妝點。

這一塊棉布巾，需要一天編織八小時，一個禮拜才能織成。「當頭巾也可以；當孩子的吊籃也可以；鋪成床單也可以，戴在頭上很好看，睡起來很舒服的。」老婦人說：「當什麼都可以。」

這位魯凱族老婦人說得輕鬆而當真，就像她推薦我們就地取材做一頂

苦苓樹葉的草帽，她率先戴在頭上使用了，信不信還是由我們。

人的雙手和創意原本和大自然息息相通；但在工商業發達之後，日常用品都由機器製造，而且這些物美價廉，式樣繁多的產品，一不注意又推陳出新。所有經手的物品，只是一件「物品」，人只要選擇使用，或被用途分類精細的物品所選擇；人的創意會不會在此有所減損？

魯凱族老婦人的兒女不在身邊，養了一頭健壯黃狗作伴，他們的小屋低矮，陳設簡單，卻沒有寂寞寒酸之氣。她和善的看待陌生人，所以每個陌生人都可能成為她的朋友；我們遞一盤剛起鍋的水餃，請她當午餐，她也自然而歡喜的接受。

老婦人端坐在亮麗陽光下，愈看愈像山林中的一棵樹，山林中的樹，哪輪得到說寂寞。她編織的棉布巾，圖案的靈感來自峽谷的旺茂植物，她的作品和生活一體，是有些即興風格的日用品，讓人覺得她富有的一如大自然。

我們問她，能不能編織個適合男人圖案的圍巾，比如峽谷岩壁的紋路，她笑盈盈說：「沒什麼不可以呀！水的圖案也可以。」

映照了岩壁、山林和雲彩的山澗迴流，圖案太豐富多變了，她捕捉得了嗎？我們逗問她，為什麼男人也適合水的圖案，她理解的男人是什麼？「是——像山裡的河水，很簡單，也很麻煩。」她輕鬆而當真的說著，反倒把我們逗笑了。

燒燒一碗來

林場管理處附設的活動中心兼電影院，在荒廢二十年後終於拆除了。奇怪的是，當年依附它鼎盛而開的一家肉羹店，沒在它「整修內部，暫停營業」的同時歇業，反倒是堅守崗位，把配合電影放映時間的開張作息，調整為從早上八點賣到下午五點，在電影院前的人潮散去後的五十年來，依然生意興隆，歷久不衰。

光憑著一鍋幾十年色味不變的肉羹，它也能吸引幾代人的顧客上門（有時還得排隊等座位）。這家談不上賣場裝潢、黃金地段，甚至經營管

理的老店，也許會讓小鎮上眾多的新興飲食業不解與氣結，但是對於其他幾家也是賣羹——米粉羹、虱目魚羹、魷魚羹，而生意一樣熱鬧的小攤、小店，恐怕不足為奇。

住鄉下的人，對於各項流行訊息，有時竟比都會的人來的敏感，說是臺灣小，時潮的訊息流通快；說是為不顯土氣，而刻意「對人會到」也罷。以飲食業來看，從北平烤鴨到蒙古烤肉；從日本料理到義大利披薩，牛排館、啤酒屋、炸雞、漢堡、現釣現烤的蝦釣，到前不久流行的炭燒，不管都市風格或鄉野情趣的飲食方式，統統都會到這個城鄉性格不明的小鎮熱鬧個一年半載，然後「整修內部，暫停營業」再易手，再換一家更迎合時潮的賣食開張。

小鎮的戶籍人口七萬多人，有人粗略估計消費人口是加倍的。這些來自鄰鄉的住民，對於新潮飲食是勇於嘗試、夠捧場的；只是不太耐久。鄉人積習已久的舌頭和付帳銀兩，大抵還比較適應「好吃、大碗又便宜」，講究精緻和氣氛的新潮飲食偶一嘗新也夠了，「好看又吃不飽」，終究不抵事。

以拍打過、佐料浸漬過的里肌肉，勾芡成黏稠透明的肉羹，熱騰騰一碗，當早餐、當點心都覺得實在，若是再加油麵、粿條，當午、晚正餐也無不可，大胃的人連吃兩碗，也不過一份便當錢。

小鎮的地下湧泉豐沛，冷泉游泳池冰涼清澈，游泳池裡外的小吃攤，通常都會供應熱騰騰的米粉羹，一碗熱羹湯內除了米粉、蝦米、木耳、脆筍條，單是那濃稠透明的湯汁即讓人看來生津補氣，極為滋養。點心性質卻有正餐功效，所以人人「燒燒一碗來」。

正月初九天公生，天公廟招待信徒的平安粥，也是肉羹飯，在廟埕兩側的涼亭擺下二十大桶肉羹，圓桌上各置兩個大洗澡盆的蓬萊米飯，米飯澆肉羹，或單吃肉羹，各人隨意。地下室膳房從正月初八深夜起，爐火不斷，全天候供應來朝拜的信徒享用。小鎮的天公，深知小鎮信徒的口味，所以肝膽也相照，香火一年旺盛過一年。

小鎮賣羹的攤店，下料與勾芡功夫，內行的人都說別處沒得比；而其實有機會到小鎮人家作客，哪怕是一碗盤的炒下水勾芡、虱目魚羹，也都色澤與稠淡適中，少能吃到失手之作。

小鎮天候溼冷，一年落雨日常達六個月，勞動人口泰半和農漁相關。工作空檔或閒暇，來上一碗燒燒的肉羹、米粉羹「騙嘴」或驅趕溼冷，合情合理；但燙熱食物哪只有羹類？也許黏稠透明的肉羹善保溫，一碗唏哩呼嚕下肚了，磁碗還能燙手，而那湯汁形狀和蛋清形似，所以更覺滋補。嗜吃羹類的小鎮老少，也許沒想這些奇奇怪怪，只是順著舌頭的感覺走。

小鎮的天候，未來仍可能陰溼灰濛，雖然街景會變，鎮民的生活型態會變；但那家肉羹小店卻無視電影院因衰敗而終於拆除，它依然興隆不輟。這些住民的思考方式恐怕改變有限，至少，大家的舌頭還是一樣固執。

轟炸天空

他總是愛看煙火。

看一顆火球竄向夜空，伴隨咻咻聲，迸散一群星火。他仰頭、張口，摒住呼吸，看星火在寶藍夜空，再次綻放成一簇簇火樹銀花。

他的讚歎，是有意用一聲長長的歡呼，將緩緩墜落的彩光托起，久一些，將它們吹燃得更久一些。是的，默默靜夜，難得這樣瑰麗聲光，他若不多看一眼，便辜負了煙火的美意；而刹那消失的煙火，也有違了他的等待。

八〇年代之前，看煙火，只有等待一年一度的國慶夜。設計這節目的人，必然知道，經過了一天的槍炮、坦克和戰鬥機的閱兵典禮；經過了漫長的遊街，在國家生日的這個夜晚，唯有燦爛的煙火，才是人們能挺胸舒氣，寄望世界美好於遼遠的一刻。

在四樓頂的陽臺，看過幾次煙火施放，那一年，他終於說動家人，一齊趕去煙火施放地的臺中體育場。

煙火綻開後，凌空而降，除了奇豔，還有懾人心魄的驚悸。漫天覆地的星火，照亮了整座體育場。盛裝在碗碟型看臺上的人們，齊聲呼叫，抓住自己領口的、側身閃躲的、起身迎接的，都仰頭歡笑。

九十歲的祖母，從童稚到中年，半生經歷過中日甲午戰爭、第二次世界大戰的硝煙炮火，對著美麗的節慶煙火，該是不怕的。

第一簇煙火綻放開來，祖母緊抓住他的手腕！

祖母躲在他的背後，不住的發抖，啊啊輕叫，進而啜泣。在所有年輕的呼叫裡，他們的驚悸其實含有更多的新奇和歡樂，唯有走過將近一個世紀的祖母，恐懼的成色十足。

他被祖母拉得仰身。回頭看，看不見祖母貼著他後背的臉龐，只聞到她灰髮上苦茶油的氣味，有著淡淡的檸檬清香。

「阿嬤，別怕！這煙火只是好看，不傷人！」第二顆火球，又咻咻的竄向夜空，爆裂，彩光四射，更豔麗的一簇火樹銀花。

迴旋風，讓硝煙在碗盤型的體育場迷濛，嗆人鼻息，也讓人無從躲逃。祖母就這樣埋首在他後背，問說：「還在轟炸？還要轟炸多久？」

他提議先行離場，祖母同意了。

看臺的走道被人群阻塞，他們懇請讓路，迂迴前進。在東一出口被擁擠進場的人群逼退，「才剛開始，怎麼就要走了？這裡出不去的，外頭還有好多人想進來，」有人說：「今年的煙火特別美，都是改良的新花樣，好看哪。」

他牽著九十歲的祖母，從東二出口到東三，再走南一到南三，歡欣的人群無視於他們祖孫。在南三出口，祖母終於不再掩面，她怯怯仰頭，說：「這麼多人都不怕，真實都不怕？」他以為祖母已醒轉過來，願意留下，看這太平日子的燦爛煙火。

但他們終究在西一大門找到了出路，倉皇退出。不能自始至終看完人家巧心安排的煙火表演，他當然有些遺憾。他們祖孫倆來到雙十路外的鳳凰樹下，秋天的鳳凰樹，枝葉稀疏，在夜空爆裂的煙火，仍然漫天霧地；

而有高樹掩蔽，祖母似乎安心些。

樣樣人事都歷盡的祖母，當然也明白他的遺憾，「我們就在這裡站著看，可以嗎？」

他總是貪愛這太平日子的燦爛煙火，沒有即刻陪夢魘常在的祖母回家，這是他也想讓祖母知道，戰火已遠離；雖然，他也不確知戰火硝煙是否仍會回來，也因為這不確知，他更加要珍惜這樣的歡慶。

他遷居這阡陌間的小樓之初，每天拂曉，在睡夢間，聽見有人放沖天炮，總一陣迷糊。彷彿新春攢了壓歲錢的孩子，抓一把沖天炮，四處去燃放作樂。今日是何日？

一天大清早，去看個詳細。

赫然是稻田盡頭的社區，兩戶人家的頂樓，搭建了鴿籠，兩個少年持了香炷對望，輪番將沖天炮燃放！

兩群飛鴿就在社區的半空盤桓，也不飛遠；也不敢降落。鴿群掠過籠子頂，少年便揮舞繫綁了紅旗的竹竿驅趕，外加哦一大聲。

鴿群裡顯然有隻導航領袖，調控族群的飛翔方向和速度，引領牠們高飛和低掠。飛鴿的習性和辨識方向的能耐，到今天仍教航天科技工程師歆羨，一位工程師甚至說：「每次，我費盡力氣得到一點突破，但是看見窗外自由翺翔的鴿子，那樣毫不費力的便做到了我想要做的，總是很喪氣，也不得不謙虛。我要向牠們敬禮。」

鴿群在半空變換隊形，是能力與自由意志的結合，難怪航天工程師自嘆不如。這群被馴養為賽鴿的族群，似乎又不是這樣，置放飼料和營養水的鴿籠，控制牠們的作息。牠們的飛翔和棲息，在養鴿少年的自由意志。

鴿群給紅旗驅趕也不離開，於是，少年燃放沖天炮轟擊牠們。細長的沖天炮飛得不頂高，但在靜謐清晨轟炸天空，卻格外讓人驚心。

「牠們飛累了想下來休息，你幹嘛這麼炸牠們？」他對著屋頂大叫：「大清早，這樣太吵人了！」

一個少年扠腰，另一個也學樣，他說：「牠們太懶了，飛一下子就要休息。牠們的飼料，都是我的零用錢買的，比賽不好好飛，一路停，我哪夠本？」又說：「天都亮了，還想睡覺，哪有這麼懶的人！」

兩個少年又各燃放一支沖天炮，著火的沖天炮，在青空蛇行游竄，接續爆炸。這一回，鴿群緊急轉向，閃避了炮火硝煙，牠們振翅翱翔，直直掠過高聳的竹圍頂，直直的向日升的海洋飛去。

他看著，以為牠們不會再回來，但是不確知，牠們吃慣了飼料的胃口，合不合適其他粗糙的野食；牠們久不覓食的眼力，是否還清明；牠們久棲的鴿籠，磨損了牠們多少的自由意志。

他忽然更樂意少年再多燃一支沖天炮，讓傳得又高又遠的炮聲，音波推擊，鴿子們下了決心，不再回頭。至少，那隻導航的領袖鴿，能羞慚於仰人鼻息；振作於驅趕的炮火，在轟炸的天空，記起了牠曾是一隻讓人歆羨、博人敬禮的鴿子。

料峭春寒，他在午睡，被電話叫醒。

朋友難抑興奮的告訴他，溪口沙洲來了一隻大灰雁，「從西伯利亞飛了萬里，剛剛才到的。」語意是和這隻大灰雁同鄉、同行，他搭飛機，早了一步。

朋友要他幫忙轉告其他賞鳥人，以最快速度到那芒花盛開的沙洲，「需要高倍望遠鏡，順便再帶件外套過來，今天的溪口很冷。」

他和朋友們陸續來到大灰雁出現的沙洲邊緣。

那個通報鳥蹤的朋友塌肩駝背，縮蹲在芒草叢眺望。大灰雁不見了，被堤外的農田主人燃放的沖天炮嚇走了。

「牠飛了那麼遠，來到我們這裡，一定很疲倦，很餓了，這樣趕牠，實在很不人道。」通報的朋友，像個怕被誤認說謊的孩子，不敢面對興匆匆趕來的鳥友們。

失望是有的，而其實他們並沒有責怪的意思。

堤外的水田，剛撒播了密密的秧種。辛勤耕種的農夫保護秧種，他願以沖天炮、錄音的炮聲嚇阻留鳥、候鳥的侵擾，這還是放了牠們一條生路。

這些被農夫或親友識為「吃飽太閒」的賞鳥人，看過啄食了巴拉松、好年冬劇毒浸泡過的稻穀，橫屍遍野的場面，那樣的心痛才真教他們無言。

從攝影、賞鳥到成為「自然觀察者」，他和朋友們經過了休閒娛樂、浪漫審美、現實思考、研究檢討到護衛自然生態，是一條成長的心路。

自然生態保育和人類安身立命的關聯，避冬的候鳥如何和人類的利益不衝突，人與自然共存共榮的平衡點。他們研議這些命題，更在意的是，如何讓人明白現實利益和長遠成效的兼顧，更擔心的是，無防衛能力也缺少攻擊力的候鳥們，牠們總也學不會「啄食昆蟲，不要去稻田」；記不牢獵捕人的臉譜。

他和朋友們自許為「自然觀察者」後，面對農夫和獵人，突然有了勇氣，膽敢學用最淺白的語詞，告訴田莊阿伯自然生態的食物鏈，人也是其中一道環節，和蟲、鳥、魚……在天地間平等串結。

「阿伯，能不能把播種的時間晚兩個禮拜，那時，候鳥都北飛了。」

他們膽敢站在持槍的獵人面前，和他辯解，「能飛翔萬里到這南方島嶼的候鳥，是最勇敢也是最強壯的，但這並不表示牠們最滋補，」他甚至告訴獵人：「你氣血旺盛，不需要打候鳥來壯陽補腎；你的槍法神準，當年的美軍顧問團的軍官獵人，早給你封號了，你不必再證明。」

那天，他和朋友們在土堤內的芒花叢，坐看沙洲，直到黃昏。他們不斷看見轟炸天空，驚嚇候鳥的炮火屢屢出擊。他們趕來會面的大灰雁，當然隱藏不見，是不是又再度遷徙？想像大灰雁能否找到一處可以棲身避冬的所在，是不是「吃飽太閒」的浪漫情懷？

他們默默走回土堤，在沙洲上的所有濱鷸都能望見他們的高處，他們看見了，兩個持槍的獵人摸索前進，正穿過一叢五節芒，就要射擊！

他和朋友們互看一眼，吸氣，齊聲喊叫：「飛哦！」

從沙洲的各處驚飛起的鳥兒們，幾百雙翅膀，正好成為獵人連發子彈的絕佳飛靶。他和朋友們嚇壞了，一直呼叫：「飛哦！飛哦！」

勝利的獵人，在涉水撿拾獵物之前，遙遙和他們對望，回贈給他們一個笑。

那天晚上他默默吃飯，一個人看電視新聞。

他看到一具延遲發射的火箭，拖著長長的白煙，在天空爆裂，火箭迂迴游竄，竟像一支沖天炮。記者說，太空梭裡載運了五個科學家，他們的失敗，讓人類探索宇宙奧祕的進度，必然要延遲好幾年。

他沒有關掉電視，只是閉目養神。是料峭春寒，讓他覺得冷；而他覺得更冷的是，人類征服天地萬物的雄心；人類征服宇宙太空的壯志。

他好想多看看那歡樂的七彩煙火。

龍船鑼鼓

逐年淤淺的河道，在莊尾的橋間給沙包和木板築了一道攔水壩，於是河水驟高了丈把深；而河岸的水草仍不屈服，挺挺竄出河面，甚至不甘願的浮游向河心。一艘新漆了彩繪的舊龍船，嘻笑的，自競渡的起點緩緩撐了過來，在船尾撐竹竿的是個十五六歲的少年。

各持長剪在船中間兩側撈剪水草的兩位少年，看來都還沒變嗓子，而那個趴在龍船頭，一再要攀爬上去的小男孩，頂多才剛上小學。彩龍給他搔得咧嘴而笑，笑聲，由這小男孩配音。

「文建，你會摔下去！」撐竹竿的少年，對著船頭叫罵：「講不聽，你摔下去沒人會救你。不會游泳的人又不怕死。」

「沒要緊，摔下去，正好洗溫泉。」

其實，溫熱湧泉大都在鐵路以西的山腳下，這段年年作為龍舟競渡的河道，離溫泉區甚遠，泉水匯流到這裡，至少也涼了一半。河水溫熱，該是端午的豔陽曝晒，再有或是莊裡籌備多時的競渡氣氛熱烈，人心給感染，覺得一切都有熱氣。

在這片盛產稻米的三角洲蘭陽平原，每年端午至少有四處龍船賽。論河道、參賽隊伍、看熱鬧的群眾就屬這小村落的規模最小；但要論歷史、競賽規則和波折，卻沒一處比得過它綿長、別緻和豐富。論趣味，也只有平原最南端的漁港龍船賽，可以媲美；那漁港除了產魚，在從前也聚集許多健美的女子。落落大方的女子以一身短打裝扮出場與漁婦對決，總是有人太靠近港岸，而被後面人群擠落水。

這個以競賽規則自創一格而取勝的小村落，不過百來戶農家，卻分為淇武蘭和洲仔尾上、下兩莊。

兩莊各擁一艘高舷龍船，每年端午下水競渡，斷斷續續也有近兩百年歷史。就和他處的「划龍船」一樣，原本紀念含憤投江的屈原的意思是有的，而時日愈久，划龍船的意涵又給延伸出許多，至少在這小村落，端午節這日，便有「吃拜拜」——散居各地的親友結伴來訪；「鬥龍船」——兩莊為去年戰績衛冕或雪恥，那位「想不開」的屈原，反倒讓人記憶淡薄了。

兩莊對一年一度的龍船賽太當真，代代相傳，還有一則「鬥龍經」：鼓要響，槳要齊，艄要對正，纜要緊，調頭不能慢，腿膝貼船舷，河水不潑進。

這經驗傳承，還用在「挑腳」上：二十歲左右的年輕人，雖是成年，氣力飽足，但用力不知節制，所以持續力欠佳；五十歲以上的老手，經驗豐富了，但是肩與腰的氣力已趨頹竭，也不堪大任。上好的龍船手，選在三四十歲的壯年，膂力要強健，下盤要沉穩，要懂得這狹窄河邊的水性，知道發揮己力，也要有群力的默契。

早些年，留村從事農作的人尚多，「挑腳」不虞匱乏，能被挑選上的龍船手，因視這競渡為榮譽，所以端午前的半個月密集操練，不叫苦喊累。

這小村落的龍船賽，競賽規則頗有君子之風。採三戰兩勝，但兩艘龍船在河道上總要來回幾十次，才能完成比賽。

淇武蘭和洲仔尾的兩艘龍船，自起點划出時，指揮操槳的鼓點並不急促，倒像龍船手熱身調速，划過五六個船身後，鼓點才重擊起來；側身站立的龍船手傾身划水，水花在船身翻攪，在船首持鑼的人，看隊伍齊整，每一槳的力道和默契都上了火候，於是敲鑼示意。鄰莊的持鑼人看自莊的龍船手是不是進入狀況，船身是否和鄰船併行，水流是否平穩，甚至兩岸鼓勵的觀眾是否熱烈，再決定是否鳴鑼回應，表示「好吧，咱們可以來拚了！」

這些考慮的條件，缺一不可，「要比賽，總得心甘情願，我鳴鑼，你答應，不要有後話。」因此，要選個三回旗鼓相當，力道相近的情況，非得幾十回試槳不可。

照理說，既然如此講究「君子之風」，這小村莊一年一度的龍船賽，該是少紛爭才對，事實又不然。活動不以競賽的方式進行，似乎少了緊張、刺激的趣味，而活動一旦比高下，有了勝負，人們總愛計較；更何況，這「君子之風」的龍船規則，是從前從前那些個當年的君子所定，現代的君子另有看法，或者，根本不再「君子」。

說是有一年，其中有一莊因壯年輩出外謀生，選手流失嚴重，一船二十二人的龍船手排不齊，想以老、中、青三代人混合組隊，又怕力道不均，默契不佳，於是清一色以少年輩出賽；偏是上一年他們剛以兩勝的戰績，以壓倒性的超越一個船身拔旗，這一列隊伍上船，被一心想洗刷前恥的鄰莊看成是「糟蹋人」，惱羞成怒，擲了船槳不肯出賽。出面打圓場的人，非但沒把話說圓，反而增多了疙疙瘩瘩，於是百多年傳統的龍船賽，在吵雜中停止。

當我來到這個小村落，觀看他們別緻的龍船賽，其中一艘龍船已遭斧頭劈毀，而又再打造新船。後來的幾年，來此參觀的外賓，對於在河道中逡巡以及清除水草的舊船，似乎並不感興趣，反倒聚集在廟前廣場，舉著相機對準擱在岸上受祭拜的新船按快門，從這艘新船的復建，直接能談到當年罷賽的紛爭。

人們對紛爭的興趣，似乎也大過觀賞龍船賽，人們在這坐落於綠野平疇間的村莊裡穿梭，看磚牆瓦簷的三合院農舍在門楣上懸掛的菖蒲、艾草，在殘留的老幫浦打水洗手；而「辦桌」的師傅們，在各個稻埕搭蓋篷遮，早已炒煮燜燉起來了。賓客們的服裝整齊，有些忙進忙出的年輕人也一樣是儀容端正，說是這村莊出外求學或工作的年輕人，特地返鄉來「鬧熱」。

老村莊該有幾株彰顯歷史的大樹，在這裡，偏又沒有，為何如此空曠？其中也許還有些故事呢！問年輕人，沒一個知道，只是笑；想問老人，又覺得冒險，老人們給外人問多了停賽龍船的舊事，臉上早有不悅，正在氣頭上，再問，怕是惹來幾句難聽的，還是算了。

清除水草的龍船，緩緩撐划到莊頭的水泥橋下，在船尾撐竹竿的少年試將龍船調頭，也許是河道太窄，龍船不便轉身；也許少年的經驗不夠，技術欠佳，船身幾次打橫了，卻調轉不過來。

探在船舷的兩少年，收起了長剪，抓緊船身，怕給抖盪落水；反而是攀爬上龍首的小男孩，安然無事，也許不知懼怕，也許真的不怕，他將兩腿夾緊龍角，騰出半個身子，雙手平伸，彷彿前方有一支待拔的龍旗。

「文建，你會摔下去！」撐竹竿的少年沒工夫罵小男孩，那兩個緊抓船舷的少年，輪流喊他：「講不聽，你的頭會撞到橋墩，你知道嗎？不會游泳的人又不怕死。」

小男孩當作沒聽見，任船頭在河道中旋轉，不回答，儘管笑。

岸上遠處有鑼鼓聲響，咚得隆咚鏘，是那新造的龍船祭拜告一段落，或膺任鑼鼓手的新手，在為下午的競渡做練習，聲響極有力，節奏極分明，把試著調頭的一船人吸引張望，都笑了起來。

人們看比賽，說是愛榮譽，其實更愛它的緊張和刺激；而一場比賽，人們往往又看重那結果，要那勝與負僅在一線之距，才叫過癮。這村莊的「君子之風」龍船賽，因為講究某些過程，於是也鬆散了些趣味（君子，總是耗時耗事，常惹人不耐），這些暫不論，我倒真想問問這些清除水草羈絆的少年，對這競賽規則還有幾分堅持？長大後，願不願返鄉參賽？

謝平安

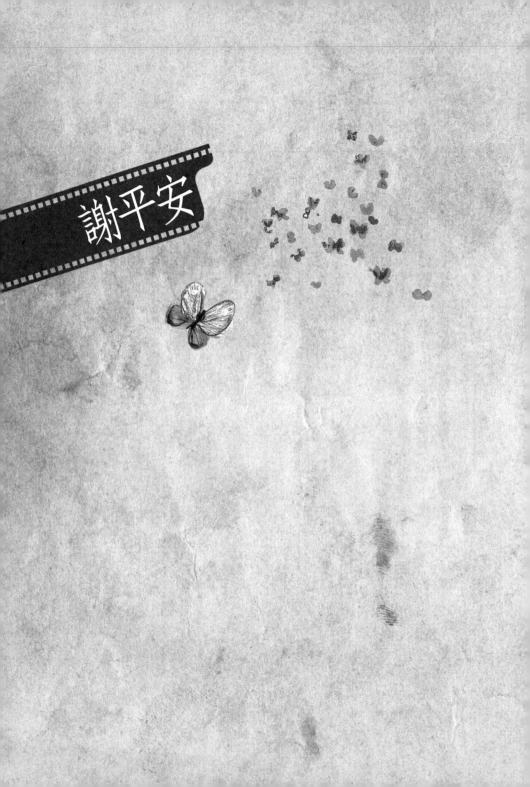

宜蘭龜平安歸

宜蘭的龜山島是臺灣各島嶼中「造型景觀」最特殊的一座外島。從蘭陽平原各角勢、各山嶺都能望見這隻「宜蘭龜」的姿影，儘管因方向、角度不同，宜蘭龜的姿影並不統統那麼美好、那樣酷似；但對它一往情深的蘭陽子弟，就有本事自動調焦、自動轉向，讓腦中的龜山島完整的、雄偉的呈現。

宜蘭人對龜山島的感情，幾乎是孩子對母親的孺慕；是遊子對長者的眷緬；是守城衛士對令旗的崇敬；是太空人對地球的依戀，乃至也是情侶對戀人的不捨！

怎樣，怕了吧！這就是宜蘭人堅貞的「龜山島情結」。

位處臺灣東北角的宜蘭，以雪山山脈和中央山脈為屏障，環抱成一塊三角洲沖積扇平原，面臨廣闊浩瀚的太平洋。

這樣封閉又開放出一個窗口般的地理形勢，讓居住這裡的各世代移墾子弟，往往來來的拚搏謀生時，少不得都要對這隻「宜蘭龜」多看兩眼，這一凝視，便看出了深情，看出了寄託的意思。

宜蘭是臺灣最典型的移墾社會，各世代總不乏有人遷移出、移出再遷入。因討海為生、出外求學或在外求職，這樣的往往來來，只求一個安身立命所在，懷抱一個「快樂出門，平安回家」的最根本期待——平安歸。

沒錯，儘管鴻鵠志在千里，但求平安歸。

遊子在外，總該有倚閭盼望的至親至愛；有守候鄉里的知心摯友，蘭陽遊子人多勢眾，但分散各地，常又感覺人單勢薄，這般感受，代代相傳的遊子，真都能感同身受；於是長輩常在兒女遠遊之前，帶領這些準遊子到「守護廟寺」祈求一隻糯米平安龜、紅麵平安龜、金桔平安龜和橘子平安龜，許下一個平安的願求——

但求這些「初出茅廬」的遊子，有去有回，都能平安回歸。

龜山島聳立沖繩海槽邊緣，是一座仍活躍的火山。地殼運動而隆起的蘭陽平原，因受東方外海沖繩海槽擴張作用影響，被海槽如鑽頭般的槽端入侵，整個蘭陽平原陷落海底。然後，經由蘭陽溪和其他溪流不斷沖積，將上游泥沙大量傾瀉下來，長期堆積後，再次

形成扇狀三角洲平原。

龜山島歷經千萬年來海底火山拱升，在可見的未來可能仍將「步步高升」，也繼續為蘭陽遊子送行與迎接，成為永遠的精神地標、懷念的託寄和企盼「平安歸」的具象吉祥物。

信阿嬤的人有福了

我能跟著祖母到處遛達，能夠準確的和她對談，大約在五歲以後，那時祖母已經五十出頭。從前的婦人似乎老得快，不像現在，五十歲的女人各個還像一枝花，身材、容貌和觀念都看不出老態；我的祖母在那時候已經非常像個阿嬤，據說她未嫁到我家之前，便是梳的這種罩網的貼髮，後腦勺綁一團髮髻的「阿嬤頭」，外加終年不施脂粉，頂多是年節喜慶，貼髮抹一點茶油，髮髻別一朵喜花。她這種造型歷久彌新，似乎頗獲我那長得瀟灑體面的祖父青睞。旁人嫌她老氣，那也是外人的事了。

家人歆羨我獨具「老人緣」，看我享受特權似的給阿嬤帶去趕場看戲；給她帶去老友家拜訪，卻少有人分析我的表現和「老人緣」之間的關係。

其實，除了我自小生得胖壯，在戰後的年代給人頗有「希望感」，以及母親緊迫盯人，向來打點得乾乾淨淨之外，回想起來，我那超乎同齡小孩的「記性」和「耐性」，也頗為可取。

阿嬤們交談，大抵以閒話家常居多，她們結伴看戲，也以歌仔戲為主，時間隨興，可長可短，不過仍是欲罷不能的情況最頻繁。對於這些阿嬤的稱呼，五歲的我，向來分得清楚：「同年嬤」、「白毛嬤」、「姑婆」、「無牙嬤」，總是確認無誤，又惹來一陣大笑和讚歎。也只有能享受傾聽之樂和擁有「長期抗戰」決心的人，才能全程伴隨她們開講、看戲和逛街活動。做為這些阿嬤們的忠實信徒，我非但不覺其苦，反而從中獲得樂趣，並受益良多。

看戲、說戲、聽戲

我的許多友伴，不相信到戲院看歌仔戲有什麼樂趣，再者他們家的大人也不肯帶去，所以謠傳烏漆抹黑的戲院裡，有大老鼠、大蟑螂咬人腳趾頭，有人的木屐還給拖走；說那戲院的廁所吊死過一個女人，誰的運氣好，就會在尿尿時看到；運氣更好的，看戲看到一半，等臺上苦旦悽悽切切唱起來，就會發現身旁也有一個長髮女人跟著和

音。更嚴重的是，兩小時關在一個屋子裡，沒有烤番薯和烤「黑輪」的香味；沒有李仔糖或枝仔冰可買，也不能隨時上廁所或到戲臺後看一看，所以他們不屑去，也不能去。

我相信祖母的說法：能在戲院公演的戲班，唱功、身段和劇情一定比野臺的好，否則他們憑什麼敢賣票吸引人？觀眾席陰暗，那是方便舞臺打光。在戲院看歌仔戲，不但燈光、音效特殊，看起來漂亮好看，而且專心，也不太會看到正精采，忽然給人叫回去找剪刀、找內褲、找追趕失蹤的雞、鴨、豬之類掃興瑣事。

誰說戲院不能吃吃喝喝？只是我那些玩伴沒耐性久坐，或沒開口要求的本領；猜想他們偶一為之的戲院看戲，一定不曾挨過中場休息時間。戲院裡不但在每張長條座椅後，附設了茶杯架，有熱茶、瓜子、蜜餞，任憑點購，中場休息時間更精采，雞爪、肫肝等滷味之外，還有豆沙包、肉包、粽子，只怕你不買，多好吃、多熱的都有！

老實招供，當時看戲有那驚人耐性，七分是為了那精采的中場休息，三分是為了終場之前的精采武打。但誰知有了豐富的野臺戲經驗，有機會再看這種上乘演出的戲院歌仔戲，讓我能看到劇場和戶外演出的各自魅力。同一個劇團，在不同的場地，因為觀眾素質的設定差異，他們在劇情和聲光上做了什麼樣的改變，才能博得鬧熱滾滾的喝采。

這種幼年看戲的「訓練」，對我後來的文字工作，一定具有相當影響。歌仔戲兼收了地方小調、平劇、薌劇、北管、流行曲調的唱腔、身段、行頭，將它們各自的精華融合一體，尊重觀眾的戲劇形式，實在非常動人。我文字工作上的葷素不拘、文體不限，得自歌仔戲的啟示，比其他文學理論多得太多。

阿嬤們看戲回來，戲已散場，但她們的興致還未終了，第二天在我家門口的「亭仔腳」，另有一場「說戲」。這例行的說戲，通常由我祖母擔綱，其他幾位曾在昨晚趕場看戲的阿嬤們共同領銜解說；「聽戲」的是那些家務繁重而又家境稍差的鄰居，她們聽戲時補綴衣物或是編織藤椅、摺疊信封。在我看來，她們雖不能親臨戲院，不無遺憾；但其實由我祖母擔綱的「說戲團」再度搬演，附加解說，她們聽到的，絕對勝過戲院所演。

劇團前一晚的演出，在阿嬤們的「說戲」裡，結構完全改變，她們合力將兩到三場高潮戲，密集推出，等到聽眾的面色有異（大抵是雙眼有神、嘴唇微張），放下手頭的工作，阿嬤們再分別補充劇情大要。

這時，有幸到戲院看戲的阿嬤們，分開而坐，散步在聽眾的前後左右

（我想，這陣式的坐擁不外是，增加聽眾的臨場感，並防止有人擅自離場），細細將情節鋪陳開來……樊梨花如何驕橫，薛丁山如何憨直，兩人如何這樣那樣不打不相識；宰相的兒子如何仗勢欺人、包文拯如何鐵面無私、處斬皇親國戚要闖多少人事糾纏；王寶釧如何苦守寒窯，薛平貴如何忘恩負義，薛平貴看到床前一雙男人布鞋如何誤會王寶釧，被阿嬤們自願組成的「說戲團」解構裁剪後，悽楚哀怨，慷慨激昂，衡情深刻，理論明白。效果是：這場戲不去看不行，趕去看過之後，不免又覺得，聽這些阿嬤說戲還好些。

前不久聽說有個小劇場，跑到荒山演戲，把舞臺散布在隨地而坐的觀眾間，我看了不禁大笑，這種舞臺新形式，我景仰的那些阿嬤們，居然早在三十五年前便一再運用了，更勝一籌的是，她們不必選在夜晚，沒有借助燈光和化妝，也有令人驚心動魄的效果。

據傳臺灣電影界的一位白導演，是「說戲」高手，我沒見過，但卻寧可相信，他說得再好，恐怕也只夠這些阿嬤們的本領。至少，她們是組團聯合的，白導演一個人，在聲勢上便弱了，我堅信這些阿嬤們「說的比看的好」，每每耐心再聽一遍，很想學個幾招備用，時過境遷，也不知有無得其中一二精髓。

鬼神相通的有情世界

童年聽來的神奇鬼怪、奇人異事之類的鄉野奇譚，多半也是出自這些阿嬤。

「同年嬤」和我祖母同歲，兩人的丈夫也同屬猴。「同年嬤」的「老猴」，年輕時在板橋種菜，大清早四點，就得挑菜到三角湧（三峽）販賣，有一天賣菜完畢，挑著空菜籃經過鐵橋，看到橋下石墩有一具浮屍，他急忙趕回莊內通報，卻招來一頓勸罵，說是流屍流下來，就讓他流下去，誰沾了，難說會不會給抓去替死，至少將來牽扯不定。「同年嬤」的「老猴」偏不信邪，憋忍了三天，日日經過，日日看，看浮屍無人招領，於是在橋頭把他給埋葬了。

這座鐵橋給火車行走，是條捷徑，若不跋溪涉水，得多繞一小時路程到下游那條水泥橋。「同年嬤」的「老猴」仍然每天清早挑菜從這裡經過，雖說是一條熟路，但是懸空的枕木，在朦朧清晨老覺得寬窄不一，若是遇上夜露深重或落雨時節，挑著沉甸甸的一肩菜蔬，怎麼走都如走鋼索。

自從收了橋下浮屍以後第二個清早，他挑菜經過鐵橋，總看到一盞火在腳前兩步引路，一肩的菜蔬也輕了，橫跨懸空的枕木，如走平地，從前要走上半點鐘，有時菜籃搖晃的厲害，還會掉個找不回的高麗菜、蘿蔔，從此以後，過橋只要十分鐘，連一根芹菜也沒遺落過。

許多人半掩耳，聽得心驚，還表示不信。基於對這些阿嬤們的景仰，我卻寧可信其有，彷彿也因為這樣，覺得人世有來有往，有個寬廣無垠的輪迴，不懼無所去往，所以心情可以更篤定些；行事也更謹慎些。眼見的世界，因為還有一個眼不見的空間，所以更加寬敞。似乎人的大小，也在這種人、鬼、神相通的有情世界裡，由一念，可以大，也可以小。

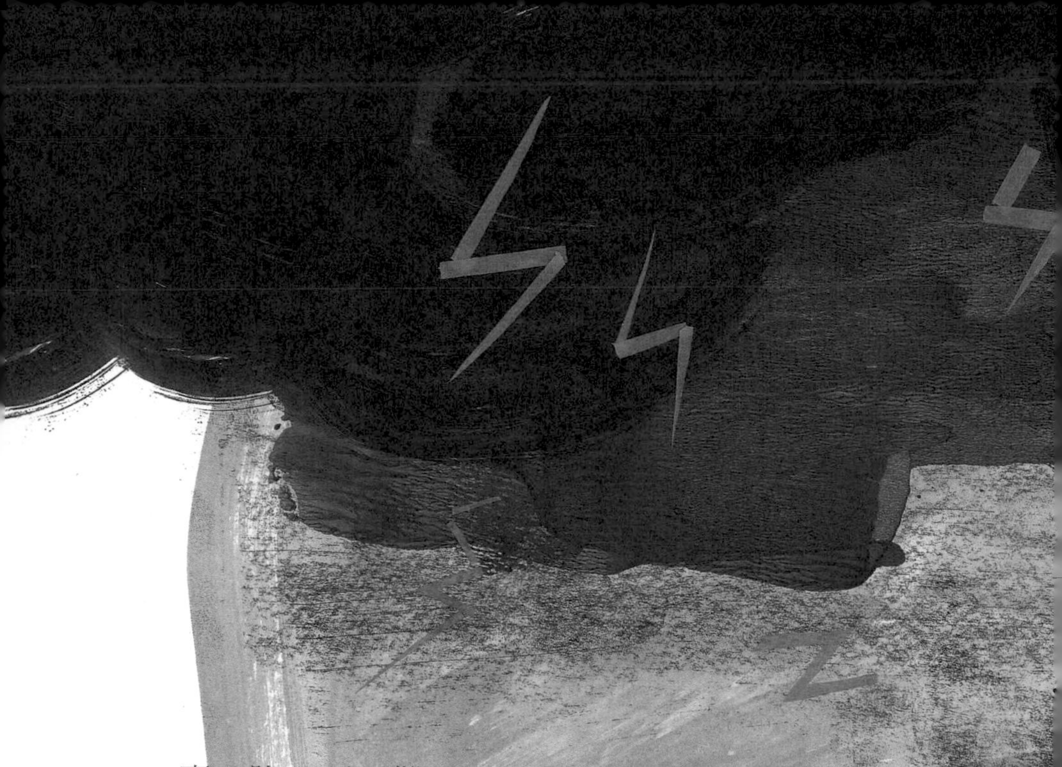

春天的雷公賜藥治白斑

剛上小學不久，忽然長了一臉的白斑。巷口醫師的說法是體質改變，沾了粉筆灰或營養不均衡或突然改變環境，心情太緊張所致，他好像什麼都說到了，但也不確定肇因何來。

這滿臉散布的白斑，不痛不癢，但就是難看，我那時的逃學紀錄，已夠讓人厭煩，再加上這種怪模樣，那不完了？心急的母親除了勤於幫我擦醫師推薦的藥房「正經藥膏」，也不恥下問四處尋覓偏方，有泥巴、

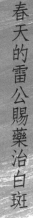

藥水、柴灰加雞屎、草汁，奇方異味往我臉上塗抹，比起現代女士們的各種敷臉模樣，實在好看不到哪裡去。無效！白換了一張皺巴巴的老公仔臉！這下真完了，不愛讀書的老公仔臉，怎麼見人？

那一年，捱到驚蟄，我終於因相信阿嬤的偏方而獲救。那一年春雷來的準時，響雷滾動，夾雜閃電，阿嬤陪我站在門口的亭仔腳，她說：「不要驚，你站好，雙手放在胸前。注意聽啊，雷聲一響，你要注意了，看到閃電，趕緊用雙手抓住，用力擦臉。雷公知道你的臉變成這樣，今天特別派閃電來治你，白斑就是怕閃電，愈兇的白斑愈怕伊。喔，來了！趕緊擦！」

我用力抓一把閃光，阿嬤怕我手小，抓不夠，她也來幫忙。左鄰右舍的阿嬤們，聽見雷響，不請自來，紛紛來到我家門口，一人抓一把閃光，在我變形的胖臉上塗抹。好像我和她們是「同一國的」，國人有難，大家都是援兵，閃光稍縱即逝，不來幫忙擷取，哪合義理？

「天公知道你乖巧，趕雷公來援助。你不要煩惱，閃光治白斑，明天，就好了。」

一夥老少合力對抗白斑，也許動感天地，也許心誠則靈，我那惱人的一臉白斑，沒在第二天醒來時消匿蹤跡，但果真在不久後，漸漸褪去。當然，在那天之後，我仍然擦了一些藥，但因為相信阿嬤們的話，心中有了希望，白斑雖在，而苦惱不存。

年輕的母親們，比較偏向相信是藥膏的療效功能，尤其是提供藥膏的那個屏東婦人，因為「救人一命」積了陰德，同時為她的藥膏又添了「業績」而慶幸不已。但是，歷經藥石罔效的困挫，再由這精神（神蹟）與醫藥結合的治療，我一直相信那些阿嬤們真厲害，並自願為見證人，廣為張揚，這倒應證她們所說的「乖巧」了。

人生的酸甜苦辣絕不迴避

從前那些阿嬤們的服飾和髮型，不知誰發明，然後強加約束似的，居家都是藍、灰棉布的半截袖衫，露半截小腿的同色寬鬆褲，外出服則是無腰身的寬鬆長袍；但是，無論居家或外出，阿嬤們的頭髮總是梳理一絲不苟。

阿嬤們梳理頭髮，不當作一件隱私，有時，整條巷子的亭仔腳，見她們依序坐著，各個凝視靠牆的方鏡，以彎月形的牛角髮梳示

範演出，遙遙呼應，也是有趣的鄰里景觀。這盛況只有早起的人才有幸恭逢；不過，在其他時候，要看阿嬤們整肅服裝儀容，卻也不難。

阿嬤們向來有個堅定的意念，推演的次序是：人醜頭髮不可亂，家貧厝不可髒，人窮志不窮。她們相互提醒的也常是這幾句話，自勉勉人，「人，要是在貧困挫敗時，還能顧得了頭髮，這個人一定可以顧得了生活，顧得了眼前的生活，這個人將來就有希望。」

髮膚是皮外小事，有人看重；有人輕忽。在富裕順遂時，百般考究，這是錦上添花，算不得稀罕，這時如果對形貌放之平常，只求梳理整齊，打點乾淨，反倒是好的。可貴在於貧窮阻逆時，還能顧得了頭面，珍惜自愛，由此小事出發去振作圖強，才叫了不起。阿嬤們的信念，可做如此解釋。

我認識的那些阿嬤們，沒一個算得了富裕，有的是千金小姐嫁作貧家婦；或是夫家的家道中落；或家世平平，正待奮發，但她們以一絲不亂的髮式過日子，以補綴過的乾淨衣服行走人生，既能苦中作樂，又能在平凡中面對變局。

她們結交投緣的朋友，也敢斥責不義之輩，她們對戲劇和人生不分，一如以為人、鬼、神一體；但又踏實生活，該有的酸甜苦辣，一件也不迴避。她們往往出口便成格言，但她們似乎不知，所以隨緣自在，不在乎誰信不信得過她們，也因此更加可愛。

謝平安

平安餅

農曆五月十三人看人。他遠遠聽見報馬仔的嗩吶叭叭響，城隍爺出巡繞境的陣頭就要駕到了。他還在人牆外，頂著肩胛和頭尖，死命的擠，要鑽到前頭去。人牆只肯挪個小縫，他只好伸手去撥捏人家的腰，這，討來一陣好罵：「猴囝仔，有本事為什麼不飛去半空看。」

他原先早早站在前頭的。柏油路火燙，直透鞋底，烤得他兩腳板熱熟了一般，跺腳也不散氣。路頭到路尾，路祭的供桌數不清，善男信女排兩行，和他一樣探頭張望，煙燻火燎，鬧熱滾滾，時辰都到了，城隍爺怎麼還沒來？

兩個和他一般高的幼稚園生，等不及跑去路中央探看，他本想學樣，也拿雙手圈成望遠鏡，站去招搖，看那兩個倒楣鬼還沒站穩，便給人喝喊的影子來不及收就不見了，他只好安分些。

又站了一會兒，他憋得難受，後退閃躲去排水溝榕樹邊撒尿。誰知一泡尿回頭，路也不見了，就這樣築起一道人牆。

他當然著火的急。城隍爺繞境，一年就這麼一回，他祖父母，他爸媽，他一家的兄弟姊妹，都在路邊就位了，要是獨漏了他，回家不給罵得很慘？他當然要鑽回去。

噤聲閉氣，埋頭鑽過人縫，正巧接住他母親遞來的香束。沒人發覺他

出去了又回來。鼓著兩腮吹嗩吶的報馬仔剛剛過去，後頭跟著兩面巡牌。他一轉頭，赫然看見矮壯的八爺范無救將軍，和高瘦的七爺謝必安將軍。城隍爺出巡的陣頭，有打鑼鼓、踩高蹺、耍木棍、舞大刀和抹白粉、搽胭脂的「藝閣天仙」。城隍爺的神轎後，還有一隊戴枷的人，手持掃把沿街掃馬路，說是自覺犯罪，良心不安，苦哈哈的跟在神轎後求情，掃著，要把罪惡掃去。

他對范、謝兩將軍的興趣更大。范將軍又叫矮仔爺，身高五尺，頭戴盔帽，臉色黑得發亮，兩道濃眉長垂到肩上，獅鼻下的闊嘴露了半截紅舌，手持一把鵝毛扇，蹦跳跳的走在七爺之前。

大神尪謝將軍，高約丈餘，頭戴「一見大吉」的高帽，吐個半尺長的紅舌，身穿白袍，走的是反八字步，闊步搖臂，夠威風也夠嚇人。

憑這兩尊神尪的長像，怕是凶神惡煞見了也要嚇退！別說交手。他心裡當然驚怕，但是愈怕愈愛看，明知道是有人頂在祂們竹篾編成的身體內，裝模作樣的，還是怕。感覺像看恐怖電影裡的神魔仙怪，明知是人扮演的，而且也不會跳出來捉弄人，知道歸知道，怕還是怕。

范、謝兩將軍的頸胸間，各掛一串繼光餅。

繼光餅有掌心大，中央留孔，百來張用紅線串成項鍊，改名叫平安餅。這繼光餅平日在巷口的零嘴攤都可買到，並不稀罕；但是掛上兩將軍的脖子，膽敢扯來一張，吃了保平安，這可稀罕了。

那天，范將軍一路蹦跳出巡，胸前那串平安餅，居然無人敢動手，跟在祂背後的謝將軍，瘦削頎長比屋頂高，更沒誰敢摘取。

只有他母親不怕，跳兩步，到范將軍面前，伸手就抓。一時，兩旁路祭的人群起了騷動。

不知怎麼傳來的規矩，他祖父和父親這幫男人，不時興這些，這是女人家的事；而他祖母向來沒敢正眼瞧一下范、謝將軍，說是怕作夢。大家只有慫恿他媽媽脫隊去。

這好了，既然有人帶頭，其他媽媽也跟了出來。

他的兄弟姊妹一列五名，持香、睜眼、伸脖子，看黑面的范將軍給一幫女將擋住去路，心裡催促，暗暗叫好。

他家五名孩子，掰一張平安餅，哪夠分？誰家孩子不愛計較，怕是取來一張，反惹得一家子不平靜。所以，他媽媽算好，兩手合力，一次就抓五張下來。

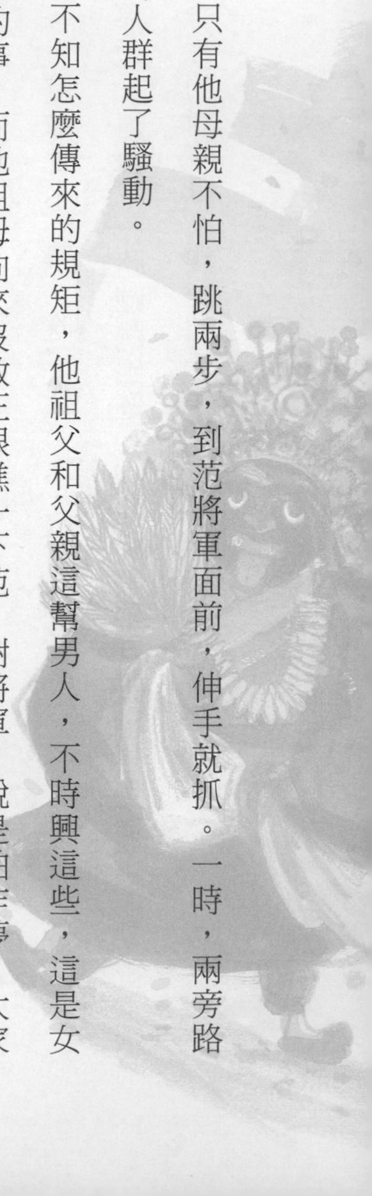

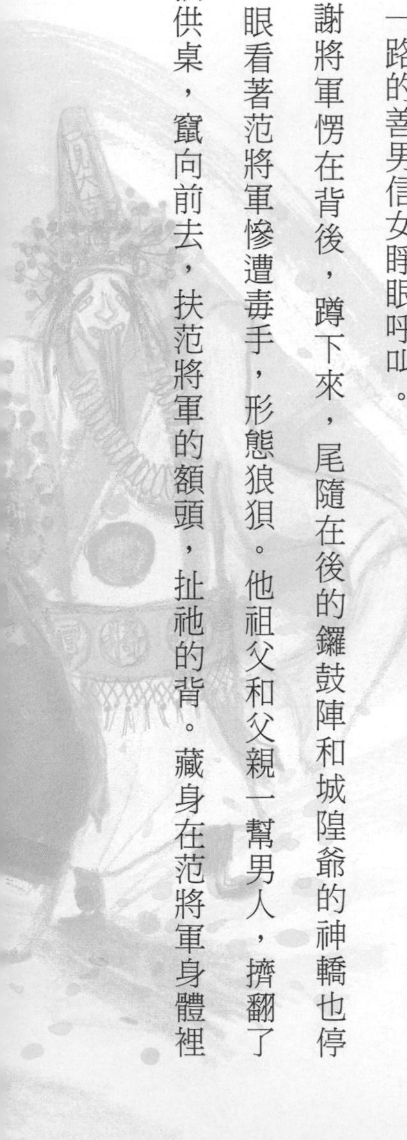

沒想到那年串的平安餅，揉得夠黏韌，給他媽媽狠力一抓，黑面凶惡的范將軍應聲前傾，真是嚇人！

擋路的眾女將看范將軍的大黑臉撲近，只有慘叫的份，藏身在范將軍神尪的人，弓身露背，大半個身子都出來了，兩手還在神尪內，姿態像舞獅，沒命喊叫：「是誰這麼殘？還不來扶！」

范將軍那顆頭顱，看來至少也有三五十斤，猛不防給人這麼拉扯，頭重腳輕，鵝毛白扇垂地，像支掃把在路面拂掃。

一路的善男信女睜眼呼叫。

謝將軍愣在背後，蹲下來，尾隨在後的鑼鼓陣和城隍爺的神轎也停步，眼看著范將軍慘遭毒手，形態狼狽。他祖父和父親一幫男人，擠翻了兩張供桌，竄向前去，扶范將軍的額頭，扯祂的背。藏身在范將軍身體裡的小夥子，腿軟，半蹲著起不來，喘吁吁從袍下露出臉來，「誰這麼殘，使出這款手段呀！」一群人扛抬拉扯，好不容易才將范將軍給扶正。

那年的平安餅還是摘了五張。掰開來，孩子吃，大人也吃，所有受驚嚇的人都吃一口，去驚保平安。他們一家子一邊吃，一邊拍胸舒氣，還有忍不住笑的。他母親說得好：「范將軍看來凶惡勇壯，誰知祂會不堪一拉？」說得好像說巷尾那個鄰居，在林田山砍木的坤連，有一回和他岳母吵架，居然給那個瘦乾乾的老太婆一掌掃倒。

藏身在范將軍神尪裡的是中華市場內那個魚販，黃昏後專程來他家理論，他祖父反過來教他，遇到摘平安餅的場面，該要這樣、那樣馬步站穩；否則，將來沒人敢請他舉大神尪出巡，也難怪端午划龍船選腳，沒選上他。這人沒敢再怨誰，只敢討一杯啐了他母親口水的紅茶，消驚。

平安戲

那一年的建醮大典，據說是花蓮開市以來的頭一回，當然，那種盛況是以往所有廟會拜拜的總集合，凌駕過任何一場的。

花蓮市北方的新城、七星潭和南邊的田埔、吉安幾個鄰鄉，總醮壇就設在他們學校右側，經過夯實後的田地。當然，他念五年級，放學後已不能即刻回家，得留下來「課業輔導」一小時，準備參加初中聯考。從那醮壇整地、鑿地基，到豎竹架、繪彩板，他看著醮壇從無到有，看到插天似的壇頂飄揚令旗，看著整個花蓮市被建醮的歡樂氣氛浮托起來。

早在半年前，他們那條巷子的鄰居便已著手準備了。原來養豬的，多養了兩條，挑一頭胃口好，會長肉的豬仔加倍看顧，好參加賽豬公。後院能養雞、養鴨的人家，也都加飼了幾十隻備用。遠在外地的親戚、故舊也早早再三被提醒，被邀請來參加建醮大典。他識字不全，照樣也被他家人指派寫信去邀請。

他祖母在後院養火雞，攪拌飼料時突然想起：「上回寫信給你三嬸婆，有沒有提到也要屘叔公一起來？」他記得分明，板橋老家一夥親戚統統請了，而且已寫過兩封，他祖母仍不放心，「你姨婆她女兒阿霞有沒有請到？你再寫一封去。」

他寫信寫得極痛苦，開頭那幾句「姨婆大人膝下」或「親愛的姑媽您好」，常不知怎麼接下去，發狠翻看「書信大全」，也沒看到一封邀遠親近戚來參加建醮的範本。一封信，總是寫到天黑，信紙給橡皮擦搓得爛糊糊。

他一直以為大部分的花蓮人，早先都從北部的宜蘭、臺北和中部的臺中、苗栗一帶移居來的，至少，他們巷內的鄰居和他的同學，便是這樣，他們叔伯祖長輩都在這一帶。當時，花蓮後山對外的通道，往北只有路經清水斷崖的蘇花公路，到西部只有穿越中央山脈峽谷的東西橫貫公路，花蓮人要外出或親友來訪，都是大事一件。一日車程的穿山越嶺，總要賠掉三五天的精神，身體不好的人，怕暈車的人，這兩條路，簡直被看做陰陽路，會收魂的。

記憶中，他家極少有親族遠道來訪。

那回的建醮大拜拜，居然兩三批來了十二人，全都是陌生長輩，三叔公、厐嬸婆、大伯和堂兄弟、表姊妹——全是沒喊過的稱呼。

他為了明白誰是誰的哥哥，誰是誰的弟媳，自己設計了一張「親族關係表」，從曾祖父母領頭，一路畫下來。家族繁衍三五代後，曾有老先生抱著娃娃喚舅舅的情況，「論輩不論歲」。親族突然又增加一倍，理該像「同學會開幕前」那樣繁雜擁擠，但是，卻又不。

他家老厝，呈「一條龍」式，門面寬約五公尺，屋長差不多三十公尺，從亭仔腳、客廳、神明廳、臥房，隔一大座天井，再廚房、餐廳、兩間臥室、浴室，又一座天井到廁所。一路走去，真是「柳暗花明」。

男人被集中睡在靠神明廳的臥房，他們的活動範圍大抵就在客廳。女人統統睡中段臥房，掌管廚房和餐廳。孩子們很有默契，在後段通鋪玩不過癮，只敢移師後天井，在葡萄藤架下，雞籠間作功課、玩捉迷藏、辦家家酒。所以，人口雖多，卻亂中有序。

親族從各路來相會，談話裡，有共同經歷的陳年舊事：三叔公和他祖父在少年時代，大清早挑菜到板橋，天色未亮，他們結伴走鐵橋，到橋中忽然掉了一顆高麗菜，他祖父踅回頭下橋去撿拾，赫然發現完好一顆高麗菜給人捧回到岸邊草叢，頂上還放了一粒小石子，四周無影，也不知誰作弄的。他不小心聽了一段，問他祖父怕不怕？「沒為非作歹，神明會保庇，我們還是天天走鐵橋。」他祖父和三叔公哈哈大笑。

他們靜靜偷聽了好些希奇古怪的事，件件都有時間、地點可考，這些事，他祖父平時都不說。他想，這是託建醮大拜拜，引得親族來相會的福。

建醮期間，祭區的信眾沐浴清化、齋戒素食，市場內當然也就禁屠；此外，山上、河邊也同時實施「封山禁水」，黃紙上畫了符籙的禁令四處張貼，不可狩獵捕魚。這期間，他們一家孩子也少了一些皮肉痛，誰頑皮不聽話，頂多瞪兩眼，這也是託了建醮大拜拜的福。

建醮祭典還沒正式開始之前，各廟宇廣場的戲棚早先鬧熱滾滾了。歌仔戲、布袋戲，外加要衝路口幾場收煞的傀儡戲。廟口的戲，一概改名叫作「平安戲」。

他愛看戲，但少有耐性整齣看完。

露天的戲棚前，往往不是太熱，便是太冷，觀眾的人數也是這樣。他自備板凳或就坐在石獅背上，看一段「扮仙」，起來走走；看一段紅面關公舞大刀，再起來走走，戲棚下少不了有串李仔籤的、撈金魚的、烤香腸的，身上有零錢，吃一點玩一點；沒有，聞聞看看也開心。

要把戲文有頭有尾說上一遍，他辦不到。看戲，對他來說，看個趣味，享受氣氛而已。

他帶著一群表兄弟、堂姊妹到各個廟口趕場，遮棚的平安戲演些什麼，記不全，只知道很熱鬧、很平安。鑼鼓鐃鈸震天價響，臺上華麗的布偶人影比手畫腳，平日難得一見的鮮豔色彩，全在那小小的戲臺集合。說那一齣齣平安戲是謝神的，隆重搬演給神明看，感謝這些時日以來的庇佑，也祈望來年一樣平安。

他們看戲也是託神明的福，與神同樂，大家只要感覺歡喜，領受平安幸福的氣氛，那些教孝示義的戲文，還要時間慢慢體悟。

他和這兩三批遠道來訪的親族，在建醮期間，參加種種禮儀祭典，在歡樂、虔誠而自然的氛圍裡，親近了血脈源頭，大家慎重來會面，相互認同，換在平常時日，還真不容易。建醮謝求平安，也招引生熟親族來團圓。

萬應公

小廟坐落在翠田間，離冬山河高聳而綿長的土堤不遠，他從小廟經過，是因為迷路。每次去馬賽，總是規矩讓雙線的柏油縣道引領，他對路旁的景觀已生膩；於是他轉繞過土堤下的小道，讓自己在綠稻翠田間漫遊一次。

小廟顯然不是供奉土地公的福德祠，格局嫌大了些。廟是新的，地磚、龍柱、琉璃瓦和廟脊上用彩色壓克力嵌鑲的飛龍舞鳳，都有閃光。他不知小廟供奉何方神聖，因為門楣木匾焦黑，廟堂內正座的神偶給燒了，

廟內尚有火燎煙味，看是在前一天或前兩天，廟堂內剛撲熄一場小規模的火災。

廟後出來一個多皺紋的老人，提半桶水和一塊抹布，抹布留著斑駁的焦褐色，似乎用力搓洗過，仍然不褪。沒等他開口，老人先搖頭，「這些人給鬼迷了心竅，一時歡喜就來翻建新廟；不得意又放一把火要把它燒了，為著什麼？統統為錢，為利益。」

老人住在不遠處的竹圍內，剩他和老伴帶著一男一女的幼孫，兒子們都在臺北工作。老人在初更時分起來小便，發現廟門有火光，招了老伴來撲熄。他說：「萬應公有靈聖，我平日都睡得安穩，昨晚躺在眠床卻翻來覆去，好似聽到有人在床頭喊叫：『趕緊提水來！趕緊提水來！』我矇矇眇眇起床，看到火舌在廟口對我招手，人驚出一身冷汗。」

依老人的說法，附近田地在開墾當初，陸續撿到幾批無主屍骨，不齊全的，裝裝也有五六罈，先是寄放在大榕樹下，和樹頭作伴；但是地方反而不寧靜，雞鴨得瘟，小孩一家家輪著發燒，狗仔半夜長嚎，時常有陌生人來託夢，討厝住。所以老人才出面，在莊內勸募集資，自己不但出錢還出力，挑磚拌水泥搭蓋了一間一人高的平頂萬應公廟，把五六罈無主屍骨供奉進去。

這萬應公廟興建二三十年來，都是莊內的老輩在逢年過節辦個簡單牲醴來祭拜，是心意也是同情，孤魂野鬼都是好兄弟，大家有緣共住一個莊落，相互所求，不過是個安定平靜，平安而已。萬應公廟的香火雖然不旺，但也並非無人理睬，正是恰如其分。

翻新的萬應公廟，落成還不滿一年，就這樣險險又毀了。

說是幾個外地人合資的，整個翻修的起頭和過程，老人只有旁觀的份。老人不記得這座萬應公廟何時那樣熱絡起來，他察覺時廟口已像夜市一般熱鬧；這裡地處偏僻，而賣冰淇淋和打香腸的流動攤販居然也來了。

「早先，我測了一下，是初五、十五、二十五的前一天最熱鬧，來了多少人不必講，摩托車、轎車從廟口沿著堤防下一直停到橋頭大路。」老人說：「宣傳這座萬應公有靈聖，香炷煙火會顯示明牌，千軍萬馬就這樣靜悄蹲在廟埕觀看。這廟埕有多大？糟蹋了周旁那些稻仔，全給踩爛。還有人不怕死的爬到榕樹頂，我看了搖頭，也不能阻擋。」

從裊繞的煙火可以看出數字；從刮平的沙盤也能看出數字；在疲累至極，兩眼酸澀而撞上前車的後車座，也可以從牌照上的數字得到簽賭的啟示，幸運簽中的靈驗攏總歸諸萬應公。

「萬應公靈聖，但是沒到這程度。」老人說：「鬼迷了心竅是這款。原本一個月三次的熱鬧，後來變成一禮拜兩次。這萬應公廟，一直都是我在打掃，從前一禮拜掃一次，不過半畚箕落葉，自從那些人來看明牌，我每天早上都要掃一點鐘，裝五袋垃圾袋。」

簽中賭彩的人，出資本翻修萬應公，老人是暗許的，如今反悔沒有插手，是當初沒想得遠，沒想到大把投注不中的人會拗蠻得來放火。他擦拭整頓廟埕時還拿不定主意，昨夜該不該撲火？索性讓那一把火將廟燒得殆盡！這時再一想，廟燒了怎麼樣？只要這些無主骨罎還在，難保這些賭徒不會再來。老人茫然不知所措，只有嘆息，「攏總給鬼迷了心竅」！

他迷路到此，看這光景，也真的迷惑了。信佛拜神原屬於崇高的精神活動，就連伏鬼祭煞，也是人間大愛的幅圍，都為求的心靈平靜，生活安適而已。何時，信仰變得這樣即時功利，人在富裕之後，更不知飽足，冀求於鬼神的只在那「幸運數字」；還諸鬼神的也在於富麗基業，心意何在？都迷失了。他想見千百個幢幢人影在這僻遠小廟前聚攏的景狀，更覺寒慄。

生活與夢

理髮師、他的顧客和他們的習慣

幾年來，我固定在一家理髮店理髮。一方面是離家近，理髮師傅沒客人時，給我一個電話，可以「隨傳隨到」；而這家不掛招牌的理髮店，規模雖小，只有兩張座椅、一面大鏡，卻窗明几淨，沒有黑漆漆的玻璃窗和紅綠燈光。我來這裡理髮，自己很放心，家人也頗贊成，所以也養成習慣，頭頂上的功夫，全權交給他處理。

瘦高個兒的理髮師傅，去年剛慶祝「剪頭毛四十周年」紀念，鄰近有一家五代同堂的顧客，還特地送了一塊木匾，刻著「無髮有天」以茲感謝。據理髮師傅解釋：這四個字，出自那個從「度晬」（周歲）就讓他理髮，現在已是某大學中文系三年級的頑皮小子的構想，文句轉換自「無法無天」，而真正的意思是：雖然整肅儀容，頭頂光鮮，但飲水思源，「理髮知師」。延伸解釋是：即使將來飛黃騰達，功成名就，也要知道崇天敬祖。理髮師傅很滿意，逢人便解釋一遍，以有這樣的長期顧客感到窩心，而那顆從小讓他摸到大的頭，能想出這麼有學問的新詞，而且將它刻上木匾，似乎與有榮焉。

理髮師表示：這一家五代人的頭髮由他處理，不過是四十年剪頭毛生涯的範例之一，隨便說說，也可以再舉五六個例子，而四代三代的更別提了。這「無髮有天」小子的九十六歲高曾祖父，從自己騎腳踏車來理髮，到拄杖光臨；到子孫專車護送，目前則由理髮師本人服務到家，這「理髮結緣」，情深不凡。

理髮師傅的專業自信和謙遜有禮，調解得很好，我讚美他因為手藝靈巧，技術本位，才留得住這幾代人的長期顧客。理髮師傅卻說：「大家不嫌棄，厝邊頭尾相捧場，現在滿街都是髮廊、美容院、理容院，什麼附帶服務都有。我這間小店，除了明鏡給孩子打破，換過一次；理髮椅的皮面給坐破，修了一次，什麼也沒變。大家肯來捧場，我想是這間小店單純，衛生合格，來我這裡剪頭毛，保證安全，主要是大家習慣讓我這雙手摸頭摸慣了，換了別人不自然，習慣啦！」

說得也是，頭頂也算是一個人的重要部位，讓一雙手持著尖銳的刀剪在上頭操作，若不完全信賴，實在也是緊張的事，還是固定的理髮師來的習慣。

我這頭三七分的髮型，除了有一年發狠燙捲了一次，另一次看破什麼的，理過一次平頭，二十年如一日，沒有新髮型。

依據造型設計專家（雜誌上的不知什麼來路的專家）強調，髮型是一個人形象特徵的重點之一，髮型合適，不但人「有型」；而且髮型可以在必需的時候，作為一種心情、風格或身分的宣告，所以每個人都要有自知之明，多多運用髮型表達自己。因此，在這位瘦高個兒理髮師傅的無牌良店，我也動過改變髮型的念頭。

理髮師傅對於我有意創新的精神，極表認同，他說：「是早該換新了，老實講，你這髮型太像軍人或警察，留長以後，再沒好好梳理，更像便衣刑警。我從前看過一張芥川龍之介的照片，他那種髮型，一看就知道是個作家。」

理髮師傅顯然忘了我上次的髮型、上上一次，還有記憶所及的幾次髮型都出自他的剪刀，是他花了一小時弄出來的作品；而且我們類似的對話，也已說過不知多少次了。我提醒他，同時在照度極為傳真的明鏡中，看到他不解或無辜的表情，「是這樣嗎？會不會你回去後，又把它梳亂了？」

我們都無意在明鏡前和理髮椅上做無謂的爭辯，我們都懂得把握重點，就事論事。他去櫃子翻來三本髮型大全，自己草草翻了一遍，沒等我過目，又頹然收回去，「這些都是帥哥型的，對你不適合！」

他說：「芥川龍之介的那本《羅生門》，不知誰把我拿去了，要不然倒可以參考參考。」

理髮師傅要真的找到那本《羅生門》，我還真有些擔心，芥川龍之介那麼瘦削的身材，那麼憔悴的臉子，配上理髮師推崇的作家髮型，也許相得益彰。我這健壯得像郭李建夫（一九九二年臺灣棒球代表隊王牌投手）的人，很難相信也套用得上。我當然表示「不必了」，趕緊在鏡子裡向他建議，鬢角部分用剪刀修成這樣；後頸的髮根用推剪推個三十度，大約三公分；額頭部分只要打薄，不必修剪，因為新近發現，漸有禿頭跡象，頭頂髮叢不宜再剪除。

理髮師傅的雙手跟著我的建議游走，在我指示的部分按一下、點一下，再拉一下（當然是輕輕的），他完全會意，「這個好，這樣就對了」，並且提出修正意見，認為額頭部分的頭髮也不能打得太薄，免得披散下來，對於不善整理頭髮的人，將造成形象上的損害。

我們都是能接受「善意的批評」和「良心的建議」的人，這也是我們主、客能「習慣」多年的原因之一。

理髮師傅開始操刀動剪，我眼瞪著明鏡，看見我的青絲（夾有少許鶴髮）剃落。理髮師傅的手式動作，當然是我熟悉的，仔細看，怎麼連髮型也如此熟悉？理髮師傅安慰我，「你不要緊張，慢慢來，我知道你的意思」，他塞給我一份報紙，外加一本綜合雜誌，「你不能再剪那種阿兵哥仔頭了，不注意看還不覺得難看；注意看了，人家會以為我出了什麼錯。你放心好了，不要亂動。」

當我看完一整份報紙，抬頭一看，我的新髮型，不但和上次一樣，顯然也和上上一次沒改變，理髮師傅對於自己永保常態的手藝似乎很詫異。這時，我更發現，我根本不必東轉西扭的照鏡子；其實，理髮師傅的髮型

便是我的髮型，只要他轉一圈，我就看得夠清楚了。

理髮師傅後知後覺，但也同意了，「習慣啦！大概我這髮型理了四十年，看來最順眼，理來理去都同款。」

我再仔細觀察這家無牌良店方圓五里間的許多男士的髮型，也幾乎和我還有理髮師傅的同款！理髮師傅恍然大悟後，不再說這是阿兵哥仔頭或警察頭，改了名稱，說是「四〇年代黑狗仔兄型」。

從此以後，我再去理髮，仍然每次和理髮師傅交換意見，慎重討論我的新髮型，而理髮師傅也仔細聆聽，加入建議；但我不再干預他工作，放心看報，以免影響了他的心情，平白給我弄出一個嚇人一跳的新髮型出來。幸好，到目前為止，尚無意外發生，他的作品保持水準，我還是理成「阿兵哥仔頭」或「四〇年代黑狗仔兄型」。

既然有意在頭頂上求新求變，最妥當的方法應該另請高明，找一家髮型設計師下手，才能改革有望。但我每逢理髮日又主動前去無牌良店報到，也許這和那幾家五代同堂的顧客一樣，習慣了，習慣成自然，自然才覺得心安。理髮雖是小事，但刀剪在頭皮上揮舞，嚴重起來，也是大事，所以心安是重要的。

我們這鄰里的九十六歲壽翁和六歲黃毛小子，髮型大同小異，居然也隱隱成為一項社區特色。髮型土氣了些，但也沒礙了誰，想來這「習慣」是可以保存的。

談心時間

寫作是一件非常耗費心力和時間的工作，寫得順暢，往往欲罷不能，時間在彈指間滑過；要是寫得疙瘩，仍要磨蹭，心神勞瘁之外，時針一樣是一走好幾圈。

嚴格說，這「家庭手工業」是獨自的個人事業，一個人埋頭構思，獨自揮筆成篇，不容旁人干擾，甚至也難讓人代筆謄稿。說作家有那麼一點孤僻，有那麼些「唯我獨尊」，其實其來有自，工作特質和性向相牽引，情有可原。

一個家庭卻不只是一個人，時間的配當仍得有「對外開放」的時候。兩個孩子都還在「纏人」的階段，令人疼愛、令人開心，當然，也固定每天會出些小狀況，令人惱火。時間配當，少不了都得算他們一份，即使不識情趣，想嚴密控制時間，大抵還是「時不我予」的自討沒趣。

兩個小孩同在一所學校的小學部和托兒所，孩子的媽每天排課從早晨到中午，送接他們上學、回家吃午飯的大任，她慨然讓我榮膺。住家離他們學校後門，不到五百公尺，孩子和媽媽都貼心，為我設想周到：「你也該勞動筋骨，走路去，走路回。」「爸爸每天寫那麼多功課，快坐成駝背了，應該用跑的。」所以，每天中午附近農家都可以看到一位一身勁裝的人，在圳溝邊的田埂運動，一人跑去，三個人跑回來，風雨無阻，很有恆心毅力的樣子。

蘭陽平原多雨，這小鎮的雨水，更有一年落兩百天的紀錄，孩子們卻視若無睹，「我們三個都最喜歡舉涼亭傘散步，」小兒子喜歡安排設計，而且說到做到，他高舉著雨傘讓我抱，吩咐他哥哥，「把我的書包拿好，靠近一點，咦，涼亭傘有回音，你們聽到沒？」

對於這個擠抱在一起的有著回音的談心時間，老實說，不僅是我們都喜歡；而且高聳神聖，有如神龕出巡，輕聲交談，一如喃喃祈禱，深信在這例行的儀式中，所有煩憂都能排解；所有心願都能實現，因此樂此不疲。

他們問我：「今天的功課做得好不好？」

我當然不客氣了，問他們：「有沒有在老師發問時停電，心不在焉，談不上來，給罰蹲馬步？」

也不完全是這種尖銳的問候，通常是研究稻穗和米的關係，兼論下課一分鐘和福利社；觀賞路旁一條小青蛇，兼談下輩子投胎當什麼好；看圳溝吳郭魚的數量，同時批評家庭作業的多寡；舌尖舔觸甜椒和辣椒的差異，分別「林立偉和葉秀蘭的脾氣」；看廣告氣球在半空飄浮，談誰最怕風雨；聽火車在遠方咻咻而過，計畫去阿嬤家的行程；在「我們的橋」上看浮雲幻變，比較在家或在學校快樂。

一條五百公尺不到的田間小路，因為談心，而變得更曲折；因為話題多變，總覺得景致日日不同。這時間延續至午餐時，因為媽媽的加入，又有了新發展，一碗飯菜下肚，心情也飽滿，說得面頰發瘆，眼皮下垂，所以午睡總是全家睡得誤時誤事。

孩子們知道卡通時間之前，每個人都有功課要做，「最好不要講話，不要走動」，「只能動手不動口」，各在各的地盤讀書、寫作，「除非有很大、很危險、很容易忘記或很好笑、很好的朋友來找」，誰也不可以「亂找人」。

另一個被大家承認的「談心時間」，是在夜晚十點，「因為每個人都回來了，這才算」。一家人擠在孩子的房間，先說三條故事，「要是講得精采，爸爸可以再加兩條，外加一條你小時候的，不是想像出來的事」。入睡前的談心時間，也常演變成人身攻擊、檢討認錯等沒意思的事，而大都是「本日見聞」以及延續昨天的或昨天的昨天還沒講完的一件事。這些「有意思和沒意思」的事，喜怒也許不同，但催眠的效果卻一致。

照我的正常作息，應該在他們入睡後，還得做兩小時「功課」。不過，有時因耐力不足或太進入情況，不乏也有在交心之後，同時入夢；而且一睡到天亮。白被早起的孩子挖苦，「難怪！害我一直做惡夢，原來是你擠在這裡」。

素素的好，歡喜都好

四十歲以來，體重一直保持在八十公斤左右，但衣褲愈穿愈鬆；色彩愈穿愈素，總覺得這麼素素的穿，才輕鬆快活。

衣櫃裡還懸掛幾件大花夏威夷衫、花格毛線衣和緊身格子褲，都是二十年以前的資深行頭，它們夾在新進的各款白衣和質料不同的黑褲間，當然醒目，卻少有被我穿出來亮相的機會。

這麼多年來，也捐過一些「資深回收」衣褲，那幾件色彩和款式都花俏的衣褲，幾度清理出來又自行回收，自己也覺得好笑：有什麼捨不得呢？不就些沒興趣穿套，甚至塞擠不下的舊時衣衫？掛著也白掛著，還有礙衣櫃的新陳代謝，一併打包，豈不乾脆！

寫作人的特質，因人而異；但面對題材的蒐尋，最具創意的寫作人也不免洩漏性格底層的懷舊，總在上個時刻、昨日、前一季或去年及至迢遠的往昔翻撿挑選，憑藉一個音聲、景象、氣味或色彩為路引，拉出一條多半是回顧的路，再來安頓引頸前瞻的現在。

那幾件分屬不同年代的花俏衣褲，都具有鮮明的代表性。只要一提領，懷想都有了著落；只要一撐抖，就抖出了從陽字號驅逐艦放假的梯口、左營大街的燥熱和冰果室的清涼、校園民歌創作的狂熱，寒冬與張相約在圓山動物園大象林旺前的滑稽，連帶也撐開情思幽徑，那些寄附在縱橫布紋上的體溫。

泛黃的汗漬也好；滲透的霉味也好，它們隔開了時間，卻拉近了距離——都是回憶的線索，有憑有據的。

帶頭進入衣櫃的是寬鬆白衣和長褲，是泰國清邁一家潮州老店買來的。

那是前兩天，在香港機場候機，正閒閒翻看《印度之旅》一書，抬頭，看見兩位高壯的印度人，都穿一襲過膝白長衫，白長褲和涼鞋。他們紮白頭巾，黝黑發亮的一張臉，都戴細金邊眼鏡，一路行來，輕鬆自若。我給一身牛仔衣褲綁著，嘿，人家多快活！當下決定也去找一套來穿。

清邁老市集大門外，一家店口懸掛一套寬鬆出奇的白衫和長褲當市招。進門後，才知是潮州老店，店內高敞，衣貨滿架，都是同一款無領潮州衫和布條繫腰的潮州褲，要選別的，沒有。

這些衫褲似曾相識。原來，是我九十高齡去世的祖父穿了大半生的款式。

老店販售的潮州衫只有白色蔴紗料、綢布料和長袖、短袖及大小之分。潮州褲的腰身和褲管至少比合身褲寬了兩倍，一種款式，只有長短之別，顏色倒有棗青、墨黑、土褐、米白和天藍多種。

試穿過程，操客家腔華語的老闆按步指導，說我是今年的客人裡試穿得最像樣的一個。這一穿、一說，就脫不下來了，只覺得滿心快活，挑了顏色，買了幾套。

我從一九八九年開始專事寫作，定點伏案的時間更充裕。寫作的身心狀態是緊聚和放鬆的微妙協調，「身外之物」的衣衫卻不宜束縛，素樸和寬鬆最好。這些連個口袋、皮帶也沒有的潮州衫褲，成了最合適的寫作裝。

一旦穿慣了寬鬆衣衫，身體和衣物的關係相互解放後，再有約束都勉強了。有一陣子專挑「福爾摩沙」的襯衫和休閒褲，只因它的剪裁不那麼流線貼身，款式又簡單。去法國葡萄酒窖盤轉了三小時，一瓶「天國之液」也沒帶，居然只看中販賣部懸掛在瓶罐間的豎領寬鬆白襯衫（酒廠兼賣白襯衫，若非典故因緣，毋寧也是「居然」）。

寫作人的服裝，相較於展演藝術工作者的打扮，幾乎無「型」可看，其實我們也不明白，哪一款的服裝造型才符合寫作人典型。即便展演藝術工作者時興的馬尾辮子和黑色布袋褲，除了有型，肯定也有特殊的工作性質需要，有它時興之外的不得不然。以家為工作坊的作家，以寬鬆素樸的寫作裝調適寫作身心，並延伸及外，對我只是輕鬆快活，與有型或無型不涉。

現階段「素素的好，歡喜都好」的穿衣原則，其實也是對衣衫的某種看重，否則也無所謂「原則」。至於一櫃子大同小異的衣褲，這又洩漏了什麼刻板或堅持？它們和筆下的作品風格或窠臼，又存在什麼關聯？這得想想。

神祕之路

一直以為那是個夢境。

雨後的小路停浮著白霧，或濃或淡，成朵成塊。這小路，應該比視覺所見更寬敞些，不過，每次來，總見到修剪的極齊整的箭竹叢，聳立路口兩側；而這樣靜止的白霧，通常都在的，讓原本足夠行駛一輛勇猛的鐵牛車的路面，變得狹長。

舉步前的猶豫，並非曾在小說中見過的蛇蠍、狼狗或不好看的鬼魅；反倒因為這小路寧靜，甚且是祥和而美麗的，因為美好得不真實，所以每次履臨，害怕自己的再三造訪，終會驚動躲藏在夾道林叢的誰誰，赫然阻道，讓這美好印象，於是告終。

一直以為這小路歸自己所有，是因為向來不曾見過其他閒雜人等。

從來不知小路有多長，可以通往何處。每次，總是在遊賞盡興後，自己回頭，或半途感覺有人呼喚，匆匆折返。小路入口的箭竹林以內，還有扶桑花叢、七里香矮籬和並排的廢棄電線桿，除了它們原本的花香和瀝青味，這小路還有刨木屑的氣味、祭拜的煙香、龍柏乾枯的氣息、或調和透明漆的香蕉水味。

從不探究這些氣味的來處，如同從不理解自己何以屢次來訪。這些氣味的出現，似乎各有路段，而且從不混淆；自己來此作客，理由不明，但每每感覺神氣清爽，五官格外明晰。

仍殘留瀝青油漬的廢棄電線桿，高高低低，並排間，仍有可穿身而過的空隙。電線桿後，一片青綠草地，比籃球場大兩倍，正中架設了一座溜滑梯。

橙紅色的溜滑梯，磨滑得晶亮，在綠草上兀立。自己輕踩溼濡短草，緩緩扶梯而上，速速滑落，極想開懷大笑，卻因為四周靜謐，不敢恣意干擾而憋忍著。這不暢快，但並不掃興，一個人坐擁一片草地和乾淨的溜滑梯，還有，一片天，也該知足。

也有忍俊不住的時候，大抵是在第三次從梯頂滑落，一屁股跌坐在草地，翻身回看藍天襯映的橙紅滑梯，一種安然；一種無拘的自在和晴空朗朗的神祕感。

最後一次，走了長長長長的小路，又穿過並排的電線桿，溜滑梯上來了兩個快樂的啞童。他們各抱一只球，一再溜滑。哦哦的招呼，把大得幾乎抱不緊的球，交給我，示意學他們溜滑。

軟硬宛如氣球的白色塑膠球，十分溼滑，抓不牢，臉頰貼過去，整個人沒有滑落，居然飄浮起來，飄過電線桿；飄過七里香矮籬和扶桑花叢，回到箭竹林外的小路入口才降落。

一直以為那是個夢境，一個由神祕之路帶引的夢境。

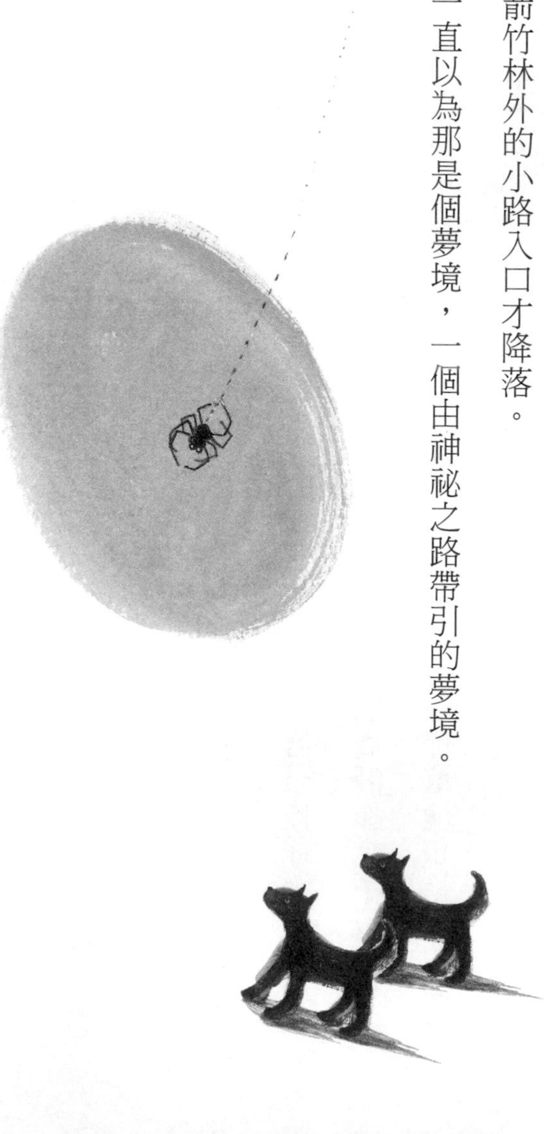

忘湖

晚春的夕陽才沉落，雲彩餘暉正美，曾文水庫上游蓄積一汪湖泊水潭，收納了所有橘紅雲彩、靛藍山影和白頭翁飛躍湖水的啼鳴，有人輕聲說：「那不是白頭翁，是早出的夜鷺。飛翔的白頭翁不叫，這啼聲也不對，牠沒本事叫這麼好聽。」

說話的人，好議論，語氣是無從商量的。這樣的湖景山色，只容漸去漸遠的雲彩移動；只容誰也猜不準的蟲鳴鳥啼即興叫兩聲，任何的人聲都不恰當，要是比手畫腳，投影在湖面，那更失禮了。

這些規矩，說話的人顯然也知道，他憋忍不住的開口，又怕侵擾了如此的寧靜；於是細聲細氣的荒腔走板，走失了他原本的音色，難辨他是甲是乙，是夜鶯還是白頭翁。

愛湊熱鬧的星星，總是等不及，暮色才在褪換，它們已正式登場；夜空與湖面各一組，難憋忍不閃爍，幸好，憋忍了不出聲。

在都會住慣的人，總要找尋方向，為自己的處境定位；但那得快，趁一線夕陽餘暉還在，東西南北，舉頭找尋北斗七星，找尋北極星。

方位的找尋不難，那是因為路標清楚、蒼天作美和高人指點。在此刻的深山湖畔，他直到給天上、水面兩組星星戲弄，給無人搭腔的詢問弄得無趣，才知省悟。自說自話：「不找了，管它在哪裡，這樣耗一個晚上吧，看誰拿我怎麼樣！」是對自己釋放一次的慷慨，難得一次看開了，想通了，放心享受一次沒有方向，沒有目的的安靜。

他給這樣的安詳寧靜，逗得笑起來，一笑，不小心又笑得過火，笑忘了都會的那些路名、門牌；忘了忙過些什麼；忘了自己曾叫什麼名姓；忘了應當有些慌張；忘了為什麼來這裡與湖泊水潭對望。

另一個晚秋，在青康藏高原的一處深山，雪封之前的山溝，所有樹木，以鵝黃、土褐、血紅各自最美的顏色，奮力展示，提早向這一年告別。

山溝不寬，最窄處不過五十公尺；山溝不長，從山口到溝裡的長海，不過二十一公里。一路的湖泊，大大小小，一百零八個，由流淌不息的溪水串結，斜掛了半邊衣袖的藏人，叫它們是「海子」，海的孩子，山的孩子。

想是多數的山居藏人，終生沒見過浩瀚海洋，這些無波無浪的小湖小潭，少有深過一人高，若不是山彎曲折，各個湖泊都可一眼望盡，一眼見底，將它們許為海的兒女，顯然忽視了海的壯闊。住過海濱的人，難免這麼想。

而其實，海洋是如何壯闊？有幸站在海灘、岩礁眺望的人，所見也不過兩個眼球的距離，其他的大小，則多半也是想像的，山林之子和海洋之子的想像空間，只要各自滿意，事實如何，並無大礙。

藏人把「海子」取名「五花海」、「五彩池」，卻是寫實而也保守的。對於水的容顏，一般人的理解，不外是清澈碧綠、深邃寶藍，若時運不濟，再多認識的是給天災人禍染汙的烏黑陰沉、黃濁滾滾。山溝裡的

「海子」容顏，想是把世居的藏人弄得糊塗了，一座不及一公里平方的「海子」，可以在池底變化幾十種顏色，濃淡深淺，一樣晶瑩清澈，改名叫它「十色海」或「百花池」，嫌滿嫌俗，索性含蓄些，認它五色便算了。

原以為湖泊的顏色，沾了秋景山影的便宜，至少一部分是秋葉的姿色。錯了，這說法擾亂視聽，在溝畔激流洗手的藏人說：「你有眼睛，總該看得懂。」說是「海子」的容顏，有秋葉襯托，可能更美，可能更不美；待到隆冬大雪，山野林木被白雪覆蓋，尚未冰封的「海子」，仍是五色、五彩，兩者各自美麗，其實無涉。

看新秧的水田漾漾，說美，這是外人說法，農夫不免要笑話；藏人說「海子」美，這是順應外人的言不及義，不忍拂逆遊興。

「海子」的清水，在他們是洗手、喝飲，讓犛牛、白馬解渴；讓青稞、玉米和麥子順利生長；讓蓄積足夠的湖水沖激而下，轉動他們停放在溝畔的法輪。

各寨子的溝畔，總有一座木製小屋，有門有窗，還有木梯，木屋懸空架立在湍流沖激的兩顆大石上，另有一道長長的引水渠道，底下穿過。

各人依生活經驗猜測，木屋是穀倉、休憩亭、「觀瀑樓」——如此「方便」，難道不混淆「海子」水色？猜得不倫不類，純是經驗盲障，絕無褻瀆之意，詳探究竟後，不禁相顧失笑。

木屋內，擺設一個畫滿經文的法輪，軸心齒輪讓激流帶動，每轉一圈，表示禮懺經文一回，水流不息，法輪常轉，經文不是要頌唱出聲，入耳入心，才教誠意？有人說，水聲嘩嘩，天籟代替人聲，禮佛頌經貴在心誠意到，何必拘泥誰誰頌唱？

冰涼清透的「海子」流水，不僅顧得遊人美感；顧得藏人生活；還顧得他們通達天聽的信仰，誰也不好說些什麼，誰偷懶，誰有失分寸，想來只有在山溝長流的水，說上一句半句；不過，它似乎忘了。

回程，才在山口的溪畔，發現三支聳立的旌幡，旌幡隨風飄動，色彩鮮麗如秋葉的布面上，寫有藏字經文。這一回，大家會意了，旌幡隨風飄動一次，表示禮懺一回，吹掠過山林紅葉的秋風，真好，幫了忙，同時也做見證；至於經文旌幡倒映流水，禮懺該又增添一次。怕是善忘的水，波動流淌，沒記得指責誰誰，也忘了負託的使命，它只是一逕流去，隨山彎盤轉，伴日月不息，這時節，趁著冰封停滯之前，把秋的涼意，早早送給南方的人知道。

感恩心情

黑潮蝴蝶

在令人暈眩的湧浪上，看見蝴蝶成群飛來，飛在黑潮湧動的綢緞海面，還有黃白相間的倒影。

賞鯨船上的人給嚇得傻笑驚叫，給嚇得神氣清爽。多半的人一掃盼望不到半隻鯨豚的鬱悶暈眩，這回真醒了，敢再遠眺海洋，遙見清水斷崖在極目遠處。這裡距海岸，總有八浬、十浬吧。

好大膽的一群蝴蝶！確是翩翩飛舞的真蝴蝶。

飛來海上能採集啥？五月黑潮常有飛魚游行，牠們干蝴蝶什麼事？是沒人規定蝴蝶不能出海，可就像魚爬樹、猴上床、紙鳶在客廳翱翔，道理之外，總讓人納悶。

海上蝴蝶的來由和去向

賞鯨船的導覽解說是漁人作家廖鴻基，他押船在東海岸盤轉尋找，愈尋愈遠，愈找愈沒著落，只好探身船舷，愈說愈起勁。

主角不出場，再好的主持人也滿足不了觀眾。幻燈片解說，比這強多了，至少不暈不眩，還不刺眼咧。

《鐵達尼號》才下片，盤據船首做出任何姿勢的人，都難脫模仿抄襲之嫌。長相如雙胞弟兄的許悔之和幾米、浪漫無解的方梓和怕熱的愛亞都在那裡，他們該都望見這群蝴蝶飛來，飛得如此好樣，飛得其妙莫名。

每晃必暈的丘秀芷，早給廖鴻基催眠，這時又給船首的驚呼喚叫回神且止暈。聽說不是鯨豚，竟是來海上插花演出的蝴蝶，她皺眉苦笑：「這些蝴蝶發啥神經，鬧什麼？」

船上還有劉克襄和何華仁，他們對長翅膀的生物有偏愛，要是凌拂和張永仁在場，他們對蝴蝶這般詭異行蹤，或許更能說個所以然。

廖鴻基總算舒口大氣：久候鯨豚不來，誰也沒輒，大夥既然對海上蝴蝶感興趣，好歹可解圍，那就讓一船人看個詳細。蝴蝶的來由沒定案；牠們的去路沒人說得準，這更好！想像空間無限寬廣，才有意思。就像搜尋鯨豚改成波浪訪蝶，硬拗轉向，道理之外的納悶，總生趣味。

擺盪在海洋和荒漠的身心

那時日，幾米剛做完整套化學治療，神勇盤坐多風浪的船頭。他拋棄零星插圖，構思那本《向左走、向右走》，讓身體、心理和工作來個硬拗轉向，境地光景便不同。生命中的一群蝴蝶就這麼在荒漠中翩翩飛起。

另個五月，我的身心也輪番在海洋和荒漠擺盪。

在羅東博愛醫院地下二層的放射腫瘤科，我如一尾水翼飛魚，游行在炙熱焦烤的荒漠。又換去臺北和信醫院頂觸藍天的血液腫瘤科注射全套化學藥物，護理人員淡藍色的隔離裝、淺藍色的落地隔離帷幕，我如一隻薄翼蝴蝶，飛舞在湧浪眩目的海洋。

生命闖入這境地，心性也難不轉向；醫師都不能說出確切道理，來由

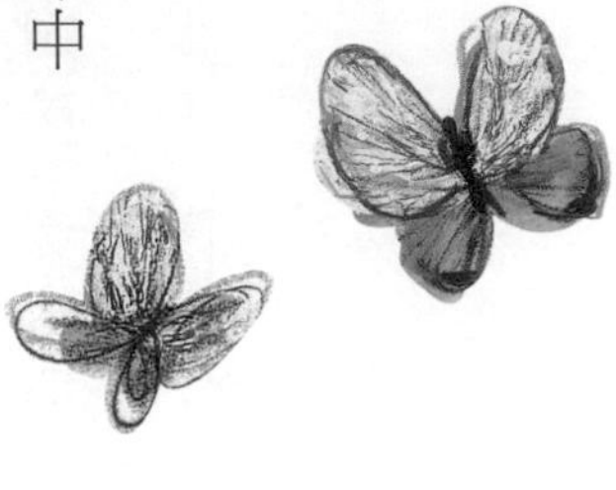

和去路沒人說得準。我既然飛闖禁區，那就給它硬拗強轉，順帶採一點、集一點生命汁液。簡志忠說：「你『天生麗質』，又夠硬、又皮，癌魔也奈何你不了。」

在王洛夫來幫忙看護那次，天亮後他要趕回鶯歌上課。我全身血管給化學針劑游走一回，還虛軟暈眩，挪去落地窗座檯看他是否會迷路？王洛夫二十分鐘後從五樓下中庭，找到了隱藏在花園的小側門；他舒口大氣，拚命揮手。成群躲在花間的蝴蝶，給他驚擾，翩翩飛起。

其中一隻小粉蝶，就這樣盤旋上飛，一直飛到五樓落地玻璃窗，前來探望我的俯瞰。玻璃窗內的常溫沁涼，窗外該漸漸炙熱，牠上來湊啥熱鬧？

飛闖禁地的薄翼蝴蝶

因為不明白，於是，我看得格外有勁，就像觀看一次又一次療程，細看自己心性的波折轉動。給寄來新書的王淑芬回信，就在小粉蝶來五樓探看的座檯，居然是這般心情：「五月不美，被若干得面對私務糾纏，努力掙扎，意態慌忙，一落筆便穿幫」。她不知我如薄翼蝴蝶，正在臺北和信醫院的藍色海洋這樣飛、那樣闖，所以覆函句句輕鬆，令人心安。

這時日，同在東海岸黑潮的賞鯨船發現成群蝴蝶的朋友，還少人知曉我的荒漠蝴蝶遭遇和海洋蝴蝶心情。可我知道，那幾位對自然生態有興趣的人，都會跑來，怕熱的愛亞也會急沖沖趕來觀察，受驚嚇的丘秀芷或許會來罵人，她若知道和信小粉蝶的事，也許會探窗苦笑：「這隻蝴蝶湊什麼熱鬧？」

福隆月臺便當

北迴列車從頭城一路過來，車速加快，停靠福隆站，總要一陣衝撞拉扯才煞住。

福隆月臺便當的滋味，內行的旅客無不知曉。半世紀不變菜色，天天二十四小時日夜供應，永遠溫熱的木盒包裝。因為車停短暫，所以唯有好身手的旅客才得享用。

二〇〇二年初夏到秋冬，我時常要搭早班車北上。約莫七點半會路經福隆，哦！這時刻的便當最應時，我喜歡搶在陪我上醫院的祥哥之前，掛在車門向月臺大喊，點購兩盒便當。

那時還不流行戴口罩，若有誰戴口罩，不論男女多半也附戴軟布帽，也多半蜷坐北迴列車一角，默然歇憩。我戴了軟布帽和口罩，手握長長的百元紅色紙鈔，又去握車門鐵把，向奔走在月臺的便當小販，吆喝一聲：「兩個！」

大紅藍子裡的木盒便當，給小棉被覆蓋保溫，奔走的小販，一手押住，歡喜回應。我喜歡他們愉悅有勁的生活，愛看他們與列車爭取分秒的熱情營生。沒錯，有勁和爭取，這款生命情調，給福隆木盒便當裡的五花肉片、滷蛋和黃蘿蔔添了滋味，特別是我這樣趕著去臺北和信治癌中心醫院施打化學針劑的人。他們歡喜營生、愉悅奔走就是一款動人幸福。

我懸掛在車門，伸直手臂，向奔走來的便當小販比出明確兩指——我

要兩個便當，一個留給陪顧看護的祥哥；一個給即將暈眩欲嘔的自己，我仍要一口口扒飯，一箸箸夾菜，安心享用不凡的福隆滋味。

誰人為這所在取了這款好名？

每每手握百元紅色紙鈔懸掛車門，常有另一個自己看見這長伸兩指的人，神勇啊，都什麼關節時日了，還向倏倏時光招攬；向匆匆月臺勝利告示？有把握爭取勝利嗎？另一手連同車把緊握的紅色紙鈔，將要交給便當小販，不找零，整整的一百，通常，一百也是滿分的意思。

真喜歡這樣的意象，把握與不把握，滿分和歸零。

特別是在震動抖顫暫停的福隆，能嘗到小販捧遞上來的傳統便當，真是福澤隆盛的美好，病與不病都該感受。

那時，北迴列車的軟布帽底內，多半是毛髮撮撮脫落的頭顱；口罩裡面則是黏膜焦躁的口鼻，一車廂常見三兩位這樣雙瞳渙散、憔悴虛弱的重症患者。在北上求醫的路途，在返轉的歸途，他們不交談，也不閉目沉睡，木然默想，當然也不懸掛車門點購月臺便當，是不能或放棄？

我不去估計一次次累積的化學劑量，將如何攻擊所有細胞，我將選購假髮；我將拄杖踽行或我將蜷縮座椅？再說吧！

陪護看顧的祥哥不讓我在福隆瞎鬧。其他朋友想見我向月臺宣告的英姿，無不叫帥；有人鬧過頭，竟要我手握百元紅鈔，另隻手再伸長兩指，叫一聲便當，好讓他們攝影留存。既然他們興致高，我也不反對，可惜，少了那時節福隆躍升的太陽打光，神色沒那麼光燦燦。

阿蓮龍眼

高雄阿蓮的龍眼，碩大肥美蜜甜多汁，吃相豪邁的人，都要吃出兩片稠黏嘴脣和兩手招蝶指爪。枝旺的老爸在自家後院採摘一布袋當令龍眼，送到臺北淡水來給他。誰敢說不稀罕？路途遙遠的伴手誠意之外，家鄉味嘗鮮，至少，淡水產啥龍眼？

枝旺和丘秀芷大早就來吃龍眼。他們等在捷運淡水線忠義站出口，兩人提一掛阿蓮龍眼，坐在花崗石臺上這樣吮吃得極有滋味。

郊遊野餐式的探病看護

我從羅東輾轉趕到，他們將探病看護改成郊遊野餐的氣勢已熱身，正合力對第三串阿蓮龍眼下手。見到我來，枝旺忙擦拭滿絡腮鬍的蜜甜果汁，說：「先吃一串再走，省得提那麼重。」

朋友們隱約知道，我定時來淡水線忠義站這家醫院治療，病情不會太輕。他們只不想追問，就像另些爽朗健談的朋友，早獲知我的處境，怕張慌失措一時言拙，只好旁側打聽，放棄來電。枝旺索性將一整布袋的阿蓮龍眼提來，他們的意思，我隱約也明白。

穿過地下道，走過木棉花道，真平靜。

總有痛楚苦厄才來醫院，喧譁個什麼？這處更格外沉靜，川堂、迴廊、門診和住院等候的男女老少都木然靜默，都像被祭司點召去參加一場神祕儀典的子民，容不得拒絕，也不存在自願替代。生命的步履，在這田地有些踉蹌難堪，既不想這般樣態，又不知如何反應；只好靜默以對，輕緩行走，言外是走著瞧吧。

坐不住的多半是陪患者前來的親友，少則三兩人，五六人伴隨看護也不算太大陣仗。他們不時走看洽詢，竊竊商議，又多半是一臉無解的納悶。

枝旺攜來的一布袋阿蓮龍眼，正好在這時分享。哪怕是重症患者，也可暫卸口罩，和他們愁苦忐忑的親友人手一串龍眼，讓識與不識的人都來圍坐，剝它一簍的薄殼和黑亮的龍眼核，剝去層層憂煩。

苦中作樂的耐性和運氣

慈祥的丘秀芷勸請這些不相識的同伴也來剝殼享用。可她問我，上回她託人從北京同仁堂帶回來的補血聖品，百分之八十五驢皮調中藥熬煎的阿膠，我吃的感覺如何？又皺眉慎重交代：「龍眼別吃太多，上火、流鼻血。」

她這麼口齒清晰的叮囑，誰敢伸手來拔龍眼？那個疑似絡腮鬍阿拉伯人的枝旺，更缺少勸進說服力。一干病患和家屬親友見他有力人士的模樣，那一大袋土褐色龍眼串也威猛起來，無人敢當場剝殼吐核。

這醫院什麼都好，就是排床費周章，有時排著排著還落空，來打針得有耐性和幾分運氣。那些人無福享受阿蓮龍眼，作家六月也來了，她是旗山女子，旗山跟阿蓮不那麼遠，比較好勸。我們有的是時間，那就換用不

黏手、不沾脣的斯文吃法，讓一布袋龍眼減輕些。

老小姐．烏梅和阿蓮

為患者加補化學針劑的護士，是個面容娟秀姣好，體態輕盈的小姐，她姓老。半笑半臥的患者時時有人叫喚她「老小姐」，僅僅這麼叫，這愁苦憂懼的場域便有了歡笑。半開放空間的注射室，三十多人都有反應。

另一位姓烏名梅的護士小姐，誰叫喚她都得連名帶姓「烏梅，烏梅」的才來勁，才喜樂。我們想到了，這一大袋捻來竄去還吃不到五分之一的龍眼，也該給個名號，說不定銷路好一些；阿蓮不是啥名地方、大所在，可這名號也喜氣，比起烏梅和老小姐，哪一點輸人？

果然，枝旺抓兩把龍眼到各個手臂紮針的床位分享，喚說：「阿蓮龍眼，阿蓮龍眼」，有了反應，雖只是個語言的小火花，乃至只是一則偏冷的笑話，這些癌症患者也樂於引燃飄搖的生命之火；家屬親友也歡喜點亮閃爍的希望之光。

阿蓮龍眼蜜甜肥美到何滋味？阿蓮龍眼的名號有何討喜？恐怕遭逢在某個心境，懂得不黏手、不沾脣的細細品嘗，那滋味就會到位，感受到陣陣喜氣了。

感恩情・畫番薯

在畫家朋友黃玉成的畫室，看到他新近完成的「番薯系列」小品連作，六號的小幅畫布上，各有三兩個形狀和大小不一的紅皮番薯。

以布局來說，這些作品像是在素描習作，但是油彩和光影的處理，卻又異常專心用功。這一系列番薯小品，因為精小；因為細微安排；也因為取材的特殊與單純，在滿室的大件作品中，反倒引人注目。

畫家介紹說：「我八十歲的父親種的番薯最好吃。他住在南澳老家，隔一陣子看我們沒回去，他就換了兩趟車，拎一袋自己種的番薯或香瓜，或是自己醃漬的黃瓜，來看兒孫。有時要是家裡沒人在，我爸會在門口等一陣子；有時就這樣把東西放著，一個人又回去了。

「我跟老爸說過幾次，他想來，事先打個電話，我開車去接他。他那麼瘦，又一個人拎著這麼重的東西，那怎行？」

畫家笑說：「這些番薯非常鬆甜，很好吃的，你看得出來嗎？」

不用吃，儘管是眼看著，用想的，也知道這些番薯的滋味，因為來自他老家的園地，加了老爸迢迢送來的情分，哪有不甘甜的？

這位已嶄露頭角的畫家，這些年來的作畫成就和在外的人事經驗，恐怕都不是守在家鄉一輩子的老爸所能想像的。城市型的人際交往、食物、與思考習慣，在在都可能和鄉野中與莊稼為伍的老爸交錯而過，但藉由這一系列番薯，卻發現他們父子有從厚實土地得來的牽繫。

一位傳統的父親和思想新潮的兒子，對一袋子的紅皮番薯，卻同感珍貴和甘甜，串連其中的，無非是對土地和親情的感激之情。紅皮番薯的好，無關它的多寡和市價，情分之重，早已凌駕世俗的金錢價值之上。

畫家朋友說：「老家那塊旱田，種過番薯、玉米和稻，老爸在這八十年來，對那每一撮泥土，至少都用雙手搓過幾十次吧？那塊不太起眼的旱田，養活我們一家人，讓我和小弟能走上學習美術的路，是老爸和旱田上的種物，一點一滴培養我們的。我甚至覺得那紅皮番薯的顏色，我這輩子也別想調得出來，那顏色真美！」

畫家的老爸，其實已不必仰賴耕種維生，孩子們供養的生活費，綽綽有餘；但是他勞動一生閒不住，照樣是年年的瓜果、番薯輪種，逢年過節，照樣備妥祭品，到田頭、圳尾謝恩，三不五時，提著這些自家的收成分贈給兒孫們。畫家再三責怪老爸不先電話通知，句句是心疼與感謝。

朋友的畫作，在未來的歲月也許仍將被刮目相看，原因無非是，他既能敏銳的呈現當前的新潮，也能誠懇回顧傳統，他以感恩的心情描繪人世間的美；雖然他不滿意這一系列番薯連作，但我願相信，他終會傳神的畫出「那麼美的紅皮番薯顏色」！

父親的酸甜記憶

後記◎賴以誠／（李潼長子）

　　夏天的晚飯之後，父親從冰箱裡將透涼的青綠色鳳梨取出，在料理臺洗淨，砧板上鋪上塑膠袋襯底，握著菜刀切了起來。

　　他總邊切邊說明著，一定要把砧板保持乾淨，切開的鳳梨果肉不能再用水洗了，否則鳳梨吃起來割嘴，再來呢，切出大片大片的果肉，最好抹一點鹽，再切成細塊，吃起來會更香甜！滿盤的冰鎮鳳梨上桌，父親取來叉子，一個人，靜靜的、大口的咀嚼，然後說：「我很喜歡吃鳳梨……」

其實，我不很喜歡吃鳳梨。一次在父親寫的文章中讀到，原來愛吃鳳梨的是我祖父。當年祖父帶著年幼的父親在夏夜裡閒晃，總不忘給他買片鳳梨吃，至於當時夜裡閒晃的緣由已難以說清。不過，相信父親是因為鳳梨飽含著特殊、驕傲的香氣以及任性的纖維而想起祖父，這是他與我的祖父的記憶牽繫、串聯，一種驕傲的、任性的掛記。

父親在患病後飲食極需注意衛生，但臺農四號、十一號的誘惑卻愈來愈強烈，母親基於水果攤販所售削好的鳳梨不盡衛生，因而愈來愈少購買。

一次，攤販在路旁堆高成簍的鳳梨，一叢叢金黃豐碩，我們在父親的強烈建議下，買了一顆。

看著父親興高采烈在飯後取出鳳梨，穩穩的切起來，開始說明……望向父親的背影，我靜靜聽著，聽著。有多少次我看著父親切著鳳梨，一顆漂亮的鳳梨，甘甜帶著微酸，香氣卻又濃得強迫使人想起些什麼，我開始擔憂、揣測，開始了解這是一種深厚的惦記，長遠的掛念。

而今，愛吃鳳梨的父親已離去，但回憶卻層層翻跌出來。我會取出鳳梨，穩穩的切起來，開始說明……特殊的果香與金黃色纖維成為一種惦念，是一輩子的惦念。

國家圖書館出版品預行編目資料

包場看電影 / 李潼著. -- 初版. -- 臺北市：
幼獅, 2016.03
面； 公分. --(散文館；22)

ISBN 978-986-449-037-0(平裝)

859.7 105000302

・散文館022・
包場看電影

作　　者＝李潼
繪　　者＝何雲姿
出 版 者＝幼獅文化事業股份有限公司
發 行 人＝李鍾桂
總 經 理＝王華金
總 編 輯＝劉淑華
副總編輯＝林碧琪
主　　編＝林泊瑜
編　　輯＝黃淨閔
美術編輯＝李祥銘
總 公 司＝(10045)臺北市重慶南路1段66-1號3樓
電　　話＝(02)2311-2832
傳　　真＝(02)2311-5368
郵政劃撥＝00033368

門市
・松江展示中心：(10422)臺北市松江路219號
電話：(02)2502-5858轉734 傳真：(02)2503-6601

印　刷＝祥新印刷股份有限公司
定　價＝280元
港　幣＝93元
初　版＝2016.03
書　號＝AD00021

幼獅樂讀網
http://www.youth.com.tw
e-mail:customer@youth.com.tw
幼獅購物網
http://shopping.youth.com.tw

行政院新聞局核准登記證局版臺業字第0143號

幼獅文化公司／讀者服務卡／

感謝您購買幼獅公司出版的好書！

為提升服務品質與出版更優質的圖書，敬請撥冗填寫後（免貼郵票）擲寄本公司，或傳真（傳真電話02-23115368），我們將參考您的意見、分享您的觀點，出版更多的好書。並不定期提供您相關書訊、活動、特惠專案等。謝謝！

基本資料

姓名：..............................先生／小姐

婚姻狀況：□已婚 □未婚　職業：□學生 □公教 □上班族 □家管 □其他

出生：民國..........年..........月..........日

電話：（公）..........（宅）..........（手機）..........

e-mail：..............................

聯絡地址：..............................

1.您所購買的書名：**包場看電影**

2.您通常以何種方式購書?：□1.書店買書 □2.網路購書 □3.傳真訂購 □4.郵局劃撥
（可複選）　□5.幼獅門市 □6.團體訂購 □7.其他

3.您是否曾買過幼獅其他出版品：□是，□1.圖書 □2.幼獅文藝 □3.幼獅少年
□否

4.您從何處得知本書訊息：□1.師長介紹 □2.朋友介紹 □3.幼獅少年雜誌
（可複選）　□4.幼獅文藝雜誌 □5.報章雜誌書評介紹..........報
□6.DM傳單、海報 □7.書店 □8.廣播(　　　　)
□9.電子報、edm □10.其他..........

5.您喜歡本書的原因：□1.作者 □2.書名 □3.內容 □4.封面設計 □5.其他

6.您不喜歡本書的原因：□1.作者 □2.書名 □3.內容 □4.封面設計 □5.其他

7.您希望得知的出版訊息：□1.青少年讀物 □2.兒童讀物 □3.親子叢書
□4.教師充電系列 □5.其他

8.您覺得本書的價格：□1.偏高 □2.合理 □3.偏低

9.讀完本書後您覺得：□1.很有收穫 □2.有收穫 □3.收穫不多 □4.沒收穫

10.敬請推薦親友，共同加入我們的閱讀計畫，我們將適時寄送相關書訊，以豐富書香與心靈的空間：

(1)姓名..........e-mail..........電話..........

(2)姓名..........e-mail..........電話..........

(3)姓名..........e-mail..........電話..........

11.您對本書或本公司的建議：

廣	告	回	信

臺北郵局登記證
臺北廣字第942號

請直接投郵　免貼郵票

10045　臺北市重慶南路一段66-1號3樓

幼獅文化事業股份有限公司

請沿虛線對折寄回

客服專線：02-23112832分機208　　傳真：02-23115368

e-mail：customer@youth.com.tw

幼獅樂讀網http：//www.youth.com.tw

幼獅購物網http://shopping.youth.com.tw

包場看電
2016.1.8
李潼
包場看電影